Um prefácio para Olívia Guerra

Um prefácio para Olívia Guerra

Romance

Liana Ferraz

Rio de Janeiro, 2025

Coordenadora editorial: Diana Szylit
Assistente editorial: Camila Gonçalves
Copidesque: Angélica Andrade
Revisão: Carolina Forin
Projeto gráfico de capa: Amanda Pinho
Fotografia da capa: Deseronto Archives
Projeto gráfico de miolo e diagramação: Cibele Cipola e Luiz Marques

Dados Internacionais de Catalogação na Publicação (CIP)
Angélica Ilacqua CRB-8/7057

F433p

Ferraz, Liana
Um prefácio para Olívia Guerra / Liana Ferraz. —
Rio de Janeiro: HarperCollins, 2023.
192 p.

ISBN 978-65-6005-020-4

1. Ficção brasileira 2. Memórias 3. Família I. Título.

23-2066 CDD B869.3
CDU 82-3(81)

Publisher: Samuel Coto
Editora executiva: Alice Mello

Rua da Quitanda, 86, sala 601A — Centro
Rio de Janeiro, RJ — CEP 20091-005
Tel.: (21) 3175-1030
www.harpercollins.com.br

A Olívia e Maristela Guerra,
que me autorizaram a contar esta história
(manifestadas: mãe, filha e ramificações nevrálgicas)

Prefácio do Prefácio,
por Andréa del Fuego

Este livro é um prefácio. E também ele, o livro, leva um prefácio, este que você tem diante dos olhos.

É um livro que se manifesta como uma boneca russa, abrindo-se e revelando outra camada por dentro, uma menor que a outra para caber dentro de si até quase se dissolver numa só. Um truque de imagem, um livro que não se nomeia como tal, mas que também não se nega como livro. Pelo contrário, se revela na própria compreensão do que é um romance. É possível aqui muitas metáforas e curvas para apresentar a obra, porém é a leitura que traz a experiência insubstituível desta narrativa singular.

Ela começa com uma carta ao editor; a narradora se dirige ao seu leitor mais difícil antes de se dirigir ao leitor comum. O editor, este para quem a narradora se dirige, é o responsável pela obra da consagrada Olívia Guerra, uma poeta suicida. Essa informação não é mais importante que o fato de Olívia ser a mãe da narradora, Maristela, a autora do prefácio. Na carta, Maristela explica que o livro da mãe pouco importa, o prefácio que virá a seguir é, na verdade, uma carta à morta.

Maristela, que perde a mãe aos oito anos, escreve e se revela também uma escritora. Adulta, rodeada pela veneração da morta, arrastando o luto, ela escreve uma espécie de tratado sobre as páginas não escritas entre mãe e filha. Restaram os livros, objetos mortos que vivem somente quando lidos. É muito pouco. Ao menos para Maristela, que vai lidando com a herança seja ela uma benção ou maldição, remédio ou veneno, contemplando as nuances perturbadoras entre um polo e outro.

Um prefácio para Olívia Guerra é a guarnição para um livro ao qual não temos acesso. Suas tantas camadas tampouco pedem explicação nesta obra que discute herança, voz, tela e escolha de moldura. Um romance que brinca com os nomes atribuídos ao próprio romance e aos paratextos, como este que você está lendo. Não se trata de generalizar, dizer que a arte ou está em todos os lugares ou não está em parte alguma, mas de conseguir neste embaralhar de cartas entender o protagonismo do livro, o objeto livro como fetiche e distanciamento do real.

A filha, a personagem narradora em primeira pessoa, escreve o prefácio do livro da mãe, mas, se pudesse, não o faria. Ela quer a vida fora do sistema literário, quer a vida que não se deixa represar pela linguagem. O livro de Olívia Guerra é a herança de um espelho que a filha vira diante de nós, anunciando que somos todos filhos da autora, da poeta que se matou, da poeta que toma para si o destino sem coautoria e sem edição. Esse espelhamento, ou boneca russa, proposto pela autora nem por isso nos envia uma senha para que seu livro seja apreendido. Pois, para além dos truques de imagem, o que temos aqui é linguagem solta, cavalgante, que faz apaixonar em poucas linhas porque a narradora, a filha que escreve este livro-prefácio, por não se ocupar pela autodeterminação, justamente explora a disciplina do testemunho com a selvageria de tudo aquilo que pretende permanecer. Permanecer é violento.

Olívia Guerra é o nome da poeta, mas quem faz poesia é a filha, ela que herda os direitos da obra da mãe, gerenciando contratos e leitores. Maristela dirá: "sinto raiva de seus editores e de seu público, que não vieram te amar antes. Se eles tivessem chegado a tempo, teriam lançado a você o amor e dinheiro que entregam a mim". Alerta, na carta ao editor, que a mãe "morreu triste e doente à tarde e havia lavado a louça pela manhã". Qual livro, qual manifestação daria conta da poesia materna? Maristela Guerra, a filha, assim se despede do editor: "não revisei. Nem corrigi", a herdeira não aceita ser parte do sistema literário.

Em voz lírica, também revela no prefácio que a mãe deixava esquecida a panela de pipoca explodindo grãos como chafariz. O lirismo aqui parece metáfora do chafariz de pipoca, ou como se apenas esse tom fosse capaz da confissão demandada. Ou ainda um lirismo que camufla, amacia, esconde as facas da cozinha. Maristela também mostra a avó com sua "tirania controladora", camuflada ela também na poética da mulher idosa e mansa. Não demora para, aos poucos, a narradora nos deixar conhecer os poemas da mãe:

A amamentação
com mil bocas você
sugando o que me sobra de água
mas não é com suas bocas todas,
sanguessuga,
que me esvazia.
é em seus olhos que vejo-me
escorrida
ausente da chance de ser o que espera de mim.

Maristela nos conta como é estar num evento em homenagem à mãe, o sexo com um leitor que consome o corpo da filha como um original da poeta consagrada. Há também um irmão de quem Maristela evita falar. Olívia engravida do menino aos quinze anos; sua mãe, divorciada e ainda jovem, cria uma adolescente grávida. O menino é criado pela avó, enquanto a poeta vai morar numa quitinete. Será na gestação de Maristela que o menino voltará a morar com a mãe, aos sete anos. Não só o livro é entrecortado por diversas linguagens, a vida dessas mulheres também.

O prefácio de Maristela vai se mostrando anárquico, usando fragmentos de sua prosa lírica, mensagem epistolar e direta ao editor da mãe, pedaços escritos em seu caderno onde também escreve poemas — formalmente assumidos —, diário da mãe com a descrição de sua consulta médica, onde a "palavra crava diagnósticos em mim". Maristela também deixará a voz da mãe entrar no prefácio via poemas inéditos:

Ser mãe escancara minha inadequação. Seria possível
seguir a vida numa tristeza sonolenta e, de vez em quando,
almoçar uma maçã murcha.
Preciso alimentar e banhar meus filhos. Não posso ser
inadequada.

O que chama atenção nas artimanhas de Liana Ferraz é que, através desses fragmentos que compõem o prefácio, constatamos que a prosa lírica de Maristela é superior aos poemas da mãe consagrada. Maristela possui o espólio da mãe coberto pelo manto da imortalidade, manto provisório até que o último leitor deixe para trás toda a geração de leitores debaixo da terra, até o esquecimento. É também um livro sobre o tempo, inominável, e, por isso, só é possível ser um prefácio, o livro mesmo é impossível, o livro da morte.

Maristela confessa ela mesma ao iniciar a escrita literária, assim como a perda de um filho tão pequeno no útero, que não fora possível dividir socialmente o luto. Uma inferioridade que a mãe também descreverá em seu diário, "quase não escrevo mais. Meus poemas viraram pano de prato". Numa das passagens mais poéticas do romance, Maristela se aproxima da idade que a mãe tinha quando se matou e percebe que vai deixando de ter a mãe ao colocar, lado a lado, a última memória do rosto da poeta e sua própria imagem refletida no espelho. Pois Maristela já tem a idade não mais de ser filha, mas de ser a prima da mãe e, tão logo, a mãe da mãe morta — é "a morte do mapa do futuro".

A filha ser melhor escritora do que a mãe é uma vingança que se dá na forma utilizada por Liana Ferraz, vingança em camadas e sobreposição daquela que vivia à sombra da grande dama da poesia. Um holograma que é imagem sem presença, ser filha daquela que se faz poema, e mais, daquela que é reconhecida e consumida. Maristela tenta resgatar sua energia vital, vampirizada pela mãe que saiu de cena deixando o corpo na sala, sua obra, esta mesma obra que, não podendo ser enterrada, é uma tonelada sobre a fragilidade de quem também escreve, mas cujo reconhecimento nunca se daria com autonomia, trazendo para Maristela o seu próprio contorno.

A poeta, centro em torno do qual giram filha, filho, editor, mãe, leitores, precisa sentir a autonomia prometida pela escrita que supostamente libertaria algo. Não à toa, ela escreve em seu diário: "odeio ser poeta e abdicar do meu corpo. Preciso fazer arroz agora". Maristela dirá: "você venceu, mas de que adianta?".

Lá pelas tantas, Maristela transborda o prefácio ao falar com a mãe com um lirismo que a mãe não ouvirá. A mãe, para Maristela, é bem mais inalcançável que a poeta. Maristela finaliza com uma carta ao editor contra quem ela esfrega a verdade: ele não viveu a fricção e a queimadura do convívio com Olívia Guerra. Ele jamais saberá quem é a mulher dentro da poeta. Maior que a literatura é a vida, com as heranças que se pode negar apenas em tese, todavia no fundo do cérebro há uma memória que se engatilha nas condições climáticas certas, como a neve. Foge quem consegue, não de um destino sem saída, mas do livre-arbítrio selvagem que oferece como enigma a escrita e ser escritora.

Andréa del Fuego é autora de
diversos contos e romances

Prezado editor,

Com satisfação escrevi este prefácio. Não por ela e muito menos pelo senhor. Não considero um excelente livro este. Não considero também que ela seja uma grande poeta. De qualquer forma, é minha mãe.

Foi preciso tempo para que as coisas pudessem ser contadas. Chegou o tempo. Contei.

Eu sou um poema sem fim. E sem ter quem leia para criar fim. Sou, portanto, a obra-prima de Olívia Guerra, se pensarmos em termos de performance, de construção complexa, de camadas afetivas e subjetivas. Sou eu, a filha, o resto da folha sempre por construir. Sua obra mais tola e mais genial.

O livro que vocês me enviaram, estes poemas soltos, eu já conhecia. Tenho todos aqui, escritos à mão e guardados a sete chaves. São prestigiados o suficiente para que os senhores troquem por mármore os granitos

de suas bancadas. Os senhores. Ah, os senhores. O que querem de nós, os senhores? Qual obra e qual corpo? O corpo morto de minha mãe, talvez. Nesta autópsia infinita, este suspense lucrativo revirando vísceras em busca de quem
a matou?

O que querem os senhores? Uma autora jovem e com bons seios? Uma autora misteriosa? Uma mulher velha escondida num pseudônimo? Uma revelação precoce e púbere da escrita? Os senhores escolheram quem no menu hoje? Quente, fria ou morna?

A mim, pouco importa. Não estou me servindo a você. Sirvo-me a mim e deixo cair migalhas em seu colo.

Eis seu prefácio. O que lembro de mamãe. O que acho de mamãe. Algumas páginas de seu diário. Algumas cartas. Um quebra-cabeça que monto sozinha há anos, sempre sabendo que faltará a última peça. Eis! Tome o que de mamãe ainda é possível extrair, gota a gota para que ela seque tanto que vire uma letra murcha.

Escrevo como quem mastiga as dezenas de páginas a seguir. Sim, dezenas. O senhor foi gentil ao dizer que eu poderia enviar o texto do tamanho que fosse mais confortável para mim. Engraçado pensar que me considera tão ingênua. Faz parecer que é para meu conforto, minha comodidade. Como se eu não soubesse que está a postos com suas manchetes e seus mailings e contatos e críticos vestindo óculos de armação vermelha prestes a triturar mais um pedacinho daquela vida repleta de mistério que foi a dela. Em que não há mistério nenhum, afinal.

Ela estava triste e doente. Morreu triste e doente à tarde e havia lavado a louça pela manhã. Sei que o senhor está em busca de histórias fortes. Pois entrego em mãos. Não tenho mais como perder minha mãe. Está perdida e despedaçada.

Envio aqui a foto do bilhete que ela deixou junto aos livros que estavam empilhados em nossa estante. O senhor verá que não está realizando sonho de ninguém ao transformá-la numa morta ainda mais célebre, preparando mais um best-seller, mais um lançamento mórbido, cuja protagonista é uma ausência. Aliás, o senhor exalta minha mãe ou a ausência dela? É pelas palavras ou pelo silêncio de minha mãe o fascínio?

Não revisei. Nem corrigi. Pois o senhor que corrija o que quiser e pontue o que quiser de acordo com seu feeling para o *business* e, por favor, deixe-me em paz. Não tenho mais nada a oferecer.

Att.,
Maristela Guerra

ENTERRAREMOS ALGUÉM QUE AMAMOS

em algum momento da vida. sei disso. sei, pois tenho,
há décadas, ido a enterros e velórios de mães, pais, esposas,
maridos de pessoas conhecidas. sou solidária à dor da
morte de alguém. sou presente. sou. mas quando enterrei
minha mãe aos oito anos os amigos que lá estavam não
sabiam nem um pouco do que era morte de mãe, nem
de morte. não sabiam e não precisavam saber. eu precisei
aprender rápido. mesmo assim, gritei mãe assim que
voltamos para casa depois do enterro. gritei por ela, pois
tinha esquecido a toalha de banho. quando apareceu meu
pai, ele não tinha mais cara de pai. tinha cara de viúvo.
uma cara triste que não se dissolveu nunca.
o pai triste fica menos pai, porque fica mais gente. eu
queria minha erva-doce suave e macia abraçando meu
corpo para alcançar e secar os cabelos. chegou o pai gente,
e tive que crescer expulsa da criança. um parto de novo.
meu. de mim. acho que essa dor de quem perde a mãe

quando criança faz da gente um tipo diferente de ser humano.
faz da gente cúmplice da mãe jovem e morta. uma imagem dissonante, cortante e que parte a gente no meio. porque, quando enterrei minha mãe e o Gustavo da escola apareceu, ele levou um minigame de dois botões amarelos que ficava apertando como que dentro de meu ouvido, peito, labirinto. quando tirou os olhos da tela e viu o caixão, deu um grito. a mãe dele o abraçou. eu estava tão quietinha, tão fundo demais, que não deu para saber gritar também. gritaria para que ele e a mãe dele fossem embora porque onde já se viu aparecer com mãe em velório de mãe e que ele ia ver só uma coisa amanhã na escola.

mas eu estava quietinha.

Mari estava lá. e também velava minha mãe. nós duas estávamos na mesma saleta do cemitério e no mesmo cômodo quando tudo aconteceu. quando ela aconteceu de morrer. Mari e eu sabíamos que estávamos irmãs de sangue. não do sangue de nascer de mãe, mas do sangue de mãe morrer.

MINHA MÃE GOSTAVA DE ACHAR POESIA NA POEIRA.

gostava de catar nas pedrinhas. e catava e queria me mostrar. sempre. gritava Mari, e eu ia.
em suas mãos tinha um tatu-bolinha ou uma semente lustrada como que pedra preciosa. ela me mostrava e dizia: não é lindo?
eu dizia: sim.
mas não sabia se sim nem se não.
sabia que era lindo na mão de minha mãe.
hoje eu acho lindo, mas ela acabou deixando triste a beleza.
então só acho triste, no fim.

minha mãe gostava de passar os dedos pelas migalhas de bolo de laranja do prato, juntar todas na pontinha do dedo e lamber. como um ritual de catar docinhos no resto. catar e catar e catar, para juntar uma porçãozinha só. e lamber o que tivesse colhido de seu laranjal improvisado.

catar os restinhos, Mari, e lamber o doce.
filha, lamba o doce que é pra isso que a gente tem corpo
e língua e sente sabor.

eu queria que minha mãe tivesse me feito comer fruta
em vez de me dar as migalhas contando dos segredos de
ser feliz rápido. queria que ela me mandasse tomar banho
cedinho e estudar. mas minha mãe achava bom quando eu
dormia demais. e me deixava sem ir para a escola porque
chovia e com chuva não tinha motivo para ir à escola.
minha mãe olhava a chuva na janela e falava:
Mari, contar as gotas da chuva é tarefa pra sempre,
por isso a gente desiste antes de começar.
nada desanima mais do que o infinito.

minha mãe ficava em casa e escrevia. de vez em quando
saía numa revistinha a cara dela, com seu nome e sua
poesia embaixo e só. quando perguntaram na escola o que
minha mãe fazia, eu disse:
ela fala comigo, escreve poemas e chora.
eu tinha cinco anos.
chamaram meu pai e minha mãe para conversar,
e foi a conversa mais estranha da vida porque,
depois disso,
meu pai vivia pedindo para minha mãe não ser quem
ela era,
pelo menos perto de mim.

pensei que ele queria me roubar a erva, o doce, o macio.

fiquei triste e tive que odiar papai para não me perder de sentir por ele alguma coisa. acho que meu pai só nasceu em mim quando minha mãe morreu, porque antes ele era um móvel que a gente mudava de lugar na casa. ele era uma pessoa que molhava plantas sem falar das plantas e que fazia comida sem falar da comida nem do gosto, sem fechar os olhos apertadinho.

meu pai era.
minha mãe era.
minha mãe foi.
meu pai nunca.

foi voando que minha mãe morreu. foi de não voar.

ela tinha trinta anos. e um hálito de sol. eu gostava de
ela falar pertinho, e naquele dia ela falou pertinho
e chorando, molhando o sol com o mar, parindo um
horizonte muito limpo e mergulhando nele.
isso fica bonito, e foi ela quem me ensinou a catar
migalhas para colher o doce, lembra? mas a verdade é que
ela se espatifou do nono andar. eu vi quando ela pegou a
tesoura e começou a cortar a rede da varanda. e quando
disse para mim que, tudo o que ela podia amar,
tinha amado a mim e ao meu irmão.
disse que eu era o mundo todinho dela.
e que eu iria entender.
antes de saltar. parada. parada, de costas, como uma árvore
que sempre esteve
parada.
eu chamando: mãe mãe mãe.
a mãe não olhou.
ficou árvore e se lançou.

O SOM DE QUEM CAI DO NONO ANDAR
É UM ZUMBIDO QUE NÃO SAI NUNCA
DE QUEM ESCUTA.

corri atrás dela, mas Mari me puxou de volta para a varanda.

estranho que Mari 1 tinha ali a cara mais adulta que já vi na vida toda. sabendo da beira do abismo, fortaleza, apertou minha mão e disse:

AGORA É ISSO. NÃO TEMOS MAIS SUA MÃE.

liguei para meu pai, e ele demorou a atender. Mari 1 não tinha pai. quando meu pai atendeu e eu fiquei quieta e ele do outro lado alô alô alô, ela tirou depressa o telefone de minha boca e disse: tio, acho que a tia Olívia morreu no chão. meu pai chegou já me abraçando, e eu vi meu pai homem. na minha frente, vi um homem triste. dolorido. rasgado.

todos me olhavam com pena.
a filha da Olívia,
aquela que se jogou.
a poeta. eu entendo. ela era grande demais para este mundo. gente sensível sofre. tomara que a filha escolha outra profissão. tomara que consiga ser feliz.
a filha da Olívia.

quando a mãe da gente morre nova, a gente, que fica órfã,
é um grupo. um time. um tipo de gente que só a gente
sabe que...
foi o que li esses dias por aí.
mas eu,

EU ME SENTIA
TÃO SOZINHA.

eu me lembro.
acho que sou de outro grupo
e nunca achei ninguém para me fazer par na dor.
órfã de mãe jovem e suicida.

eu vou ficar para sempre achando que não fiz o que devia
para manter viva a mãe.

a gente, desse grupo de que faço parte, mas onde ainda
não achei par, vai pensar que amou errado, que foi amada
errado, que foi insuficiente e pouco e nada.
a gente vai achar que não merece
amor e cuidado e promessa e futuro.
porque a gente não pode ter isso nem da mãe.
a gente, quando eu achar meu par, vai se reconhecer pelo
cheiro da dor. a dor de ter perdido não só a mãe, mas a
dimensão bonita do amor tranquilo.
a gente vai se reconhecer no medo. no medo de sentir dor,
mas, pior,

no medo de amar. no medo de ser feliz demais e perder a direção e cair no abismo. porque foi da felicidade fim de tarde que brotou a dor maior do mundo.
eu fui insuficiente, e todo comercial de tv me ferirá.
e todo filho com mãe viva me lembrará.
e toda mãe será mais amada que a minha e mais feliz que a minha.
por minha culpa, Mari.

> Mari 1 penteava meus cabelos
> devagar enquanto eu chorava.
> ela dizia shhhhhhhh, delicada,
> querendo calar as palavras cruéis
> e insanas que escapavam de
> minha cabeça e ganhavam voz

e terei que rasgar toda vez a cicatriz e suturar de novo,
porque nascem feridas ramificadas a cada foto
da família que não somos e infecciona a cada criança que grita mãe na rua ou na piscina e a gente sabe que,
se a gente grita mãe, não vem mais mãe. porque ela foi embora. querendo ir embora.
pulando fora, Mari. de propósito!

> Mari 1 terminou de pentear
> meus cabelos e me colocou
> deitada em seu colo. ela diz que

amor de filho é parte do amor. não é tudo.
solidão é um planeta que sempre vai ficar faltando gente.

(acho que Mari 1 é meu par na dor)

MARI 1 SE CHAMA MARIANA.

um nome mais comum que Maristela. talvez por isso ela tenha ficado com o número 1. Mari 1 é ela. Mari 2 sou eu. ou talvez porque ela tenha falado antes. ela sempre falou antes. ela sempre se apresentou antes. quando chegou no prédio, tinha quatro anos e me puxou para brincar sem deixar espaço para eu dizer não. agradeço a Mari por não me deixar espaço para dizer não.

Mari 1 me ensina o sim até hoje. somos amigas eternas. tudo mudou tanto, e eu mudei tão pouco. sinto até um pouco de vergonha do quanto não mudei. do quanto sou a mesma e ainda preciso que me puxe no braço.

Mari 1 se casou com o Gui. que era meu amor de colégio.

amor platônico.
impossível.
interditado.

perfeito para o amor que posso oferecer a alguém. meu amor morre ao toque. tem alergia a manifestações amorosas e cuti-cuti. fecha a glote. fecho a boca. fecho as mãos. fecho as pernas. consigo amar ou longe ou pouco. consigo transar ou sem amar ou fingindo. sempre soube que estava quebrada.

crescer foi aprender a fingir.
a me comportar. me comporto bem. também aprendi um monte disso com Mari 1.

quando ela me segurou na varanda, já tinha pulado mamãe, eu já tinha jogado os livros e estava pronta para o voo.

a mão de Mari. a mãe de Mari. e flutuando...
... voltei ao chão de piso frio do apartamento. e fui...
... voltando aos poucos até hoje, quando comecei a escrever e sentir a ponta dos dedos no chão do papel. meu pouso seguro, a palavra dizendo, existindo, contornando a dor. mas preciso odiar as palavras e recusá-las. preciso odiar as palavras e fazer delas assassinas de minha mãe. só assim posso perdoá-la.

quando éramos pequenas, Mari e eu brincávamos de boneca, e a mãe que ela era era muito melhor mãe que a minha mãe que eu era. Mari sabia perguntar coisas da escola e se sentar e fazer a lição.

Mari 1 dizia à boneca dela:

amor, você já fez lição?
amor, quer suco?
amor, você precisa de ajuda com
a mochila?
Mari, você quer levar banana ou uvas no lanche?
não pode pegar a maquiagem da mamãe, não, senhora,
que é coisa de adulto!

eu dizia à minha boneca:

que bonitinha enchendo de mar esses olhos!
hoje a mamãe está muito cansada, mas amanhã a gente
vai passear.
quer passar batom?
você mora em Paris e está numa cafeteria! imagina, Mari,
e segura bem delicado essa xícara.

era uma mãe estranha.
mas era a minha.
foi assim que percebi que era uma mãe estranha:
pela cara que Mari fazia.

mas foi só ela começar a ir à minha casa para não querer
mais sair de lá e ficar com minha mãe para sempre.

Maries, venham ver a pipoca voar!

Maries, como quem fala em
francês, *marris*, era o jeito que
minha mãe chamava a gente.

a gente ia, e ela levantava a tampa da panela. um monte de pipoca voava, e a gente dançava como quem toma banho de chuva. Mari 1 abria a boca e deixava a pipoca acertar o buraco. às vezes se engasgava, e a gente ria muito. minha mãe gargalhava e não ligava da pipocaiada toda cobrindo o chão. depois passava um café e comia a pipoca com café fresco. eu tomava café sem gostar. para ajudar minha mãe a ter alguém pertinho.
as tardes todas ficava com ela. sempre estudei de manhã e nunca saía com ela acordada.

meu pai.
com loção pós-barba, mãos frescas do banho recém-tomado
e um hálito que não era de cerveja.
uma voz dizendo filhinha.
eu acordava suave.
e era esse o único pai que eu conseguia amar.
primeiro porque era o melhor,
segundo porque era o que eu tinha todo para mim.
dois ou três minutos,
depois a gente ia para o carro.
eu, ele e meu irmão, que já era muito grande para
conversar comigo.
íamos em silêncio.

eu pensava em minha mãe e torcia para que ela não
estivesse dormindo ainda quando eu chegasse de perua.
torcia para o dia ter sido bonito para ela e para ela ter
tomado banho e penteado os cabelos.
quando a encontrava com a erva-doce no corpo, sabia que
o dia seria azul.

meu pai
voltava só bem tarde.
eu já tinha colocado o pijama de fadas.
ele trabalhava num lugar até de noite.
e depois dava aula num lugar até mais de noite.
aprendi que eu tinha que dormir cedo para não perder a
aula no dia seguinte.
meu pai diria filhinha filhinha filhinha
e sairia.
minha mãe
continuaria dormindo e eu ia sentir fome, não ia ter
lanche e acordar mamãe
eu sempre soube que não podia.
então, quando meu pai chegava, eu já tinha colocado o
pijama de fadas.
o beijo dele já era azedo do dia todo fora e da cervejinha
para relaxar.
já era um cheiro ruim de pai.
minha mãe
ficava na varanda escondendo de mim o cigarro.
lia e escrevia.
quando estava feliz, tinha música.

minha mãe
já ficou uns meses sem ouvir música.
ou ouvindo uma só,
que me deixava triste porque a moça cantando parecia
estar sofrendo muito.

minha mãe.

depois de fazer voar as pipocas, nem sempre ela conseguia limpar o chão. desanimava. cansava. dormia. e às vezes a gente ficava dias pisando nos milhos estourados depois de fazer voar a pipoca.

Mari 1 não sabia. porque voltava para sua casa de mãe que não voa pipoca. e pisava no chão de eucalipto. Mari 1 adorava fazer voar a pipoca.

eu comecei a não gostar tanto.
porque teria que limpar depois.
ria forçado para não ser a chata.
mas falava:
mamãe, já tá bom.

foi assim que fui misturando a alegria com o desespero.
desaprendendo de ver só o que há de feliz no agora.
a gente desaprende de ser feliz quando cola o presente
no futuro.
o presente da pipoca, colado no futuro da sujeira e da mãe
triste, era difícil de ser alegre.

até que eu disse:

pronto! já chega vocês duas!

Mari 1 e mamãe me olharam. nos
olhos de Mari, logo vi que ela me
enxergou inteira. veio a meu lado
e fez um carinho rápido no meu
ombro. percebi, com o toque dela,
que estava chorando.
minha mãe com os olhos do
terror saiu e se fechou no quarto.

as pipocas ainda saltando, e o som de tiros suaves
na cozinha.
foi assim que aprendi a desligar o fogão.

Mari 1 veio com a vassoura e me entregou a pá.
foi assim que percebi que minha mãe era estranha.
porque ela gostava de ser um pouco minha filha.
a brincadeira de boneca perdeu demais a graça.
Mari 1 e eu aprendemos a jogar buraco e ficávamos,
aos sete anos, brincando de uma velhice calma.

A CASA DE MINHA AVÓ SUPORTO VISITAR UMA VEZ AO ANO, APENAS

minha avó.
aliança apertada no dedo, casamento apertado no pescoço.
a segunda pálpebra transparente nascida da morte da
filha. o café. a falta de prato na mesa. as migalhas na
toalha. o crucifixo por precaução. o loiro-avermelhado.
os cabelos ralos. a blusa sem formato. os quadris estreitos.
os pés pequenos. a voz devagar.

minha avó.
morava numa casa morta.
sem fluxo nem sangue nem coração.
pendurados nas paredes, panos. alguns feitos para tal.
outros, cangas de amarrar na cintura na praia. uma
por cinquenta, três por cem. a parede da casa morta. os
buracos atrás dos panos. os preguinhos que deram errado.

espirro.
os panos não tomam banho nunca.

oi, vó.
oi, meu amor.

a casa morreu com minha mãe.
os mortos fixam-se.
na casa morta nada entrava e
muito menos
saía.

sendo assim, era comum ver porta-retratos apoiando-se como podiam em pedaços de madeira improvisados. encontrar folhas rasgadas em quadradinhos de rascunhos jamais usados. no verso, papéis do tempo em que se usava papéis. notas fiscais com datas de 98. pedaços de agendas de 95. na casa morta, como nada saía, a tudo era dado uma segunda ou terceira chance. o lustre que virou vaso e depois lixeira. a camiseta que virou pano de chão. o cabo de vassoura que travava a janela. a pequena estátua com a cabeça quebrada, equilibrada num corpinho de cerâmica. o prato de quando eu era criança alimentando pássaros. o brinquedo preferido de minha mãe e seus mofos e seus olhos abertos demais num canto, encruzilhada do quartinho. a casa morta era carregada por minha avó.

minha avó.
que achava-se pouco para querer algo

e carregava seu destino como podia.
nasceu pobre e nunca se...

mentira!

minha avó.
arrogante e acumuladora.
queria um pequeno santuário,
um reino para sua tirania controladora.
as coisas eram reféns dela,
e eu, quando estava lá,
acabava refém também.

oi, vó.
oi, amor.

minha avó, que
amo profundamente,
mesmo que quase não suporte visitá-la.

A amamentação

com mil bocas você
sugando o que me sobra de água,
mas não é com suas bocas todas,
sanguessuga,
que me esvazia.
é em seus olhos que vejo-me,
escorrida,
ausente da chance de ser o que espera de mim.

Olívia Guerra

Prezado editor,

Sinto que preciso lhe agradecer de certa forma.

Estou revisitando tantas coisas. Como quem tira do armário todas as peças de roupa e, num impulso, decide passar o pano, a vida a limpo. As peças de roupa sou eu. Pele dividida em mil partes, muitas delas tocadas com dedos sujos de mamãe. A mancha. A mancha vermelho cobre. O gosto cobre na boca.

Assim como acontece com a gente quando quer arrumar as coisas, cansei-me na metade.

Gostaria de me deitar e descansar em cima da pele destrinchada ou dentro do guarda-roupa vazio. Tanto faz. Queria descansar num lugar que só pode ser inventado.

Sigo escrevendo porque sou determinada aos fins. Obstinada.

Quando começo alguma coisa, geralmente começo pelo fim e, enquanto não o alcanço, sinto que nem comecei. Entende?

Mais uma herança de mamãe: o fim como o começo mais estrondoso. O fim que berra! A obediência cega em direção ao grito.

Hoje mesmo, enquanto escrevo este texto, ouço gritos nas janelas. A vida em suas misteriosas manifestações: alguém jogando bola ou vendo futebol ou rindo muito de um amigo. Essas pessoas gritam e invadem meu apartamento silencioso.

Sinto náuseas. Não pelos gritos... Algo deve estar acontecendo em mim.

Eu não grito.

Nunca.

Espanta-me a liberdade do grito de quem comemora um gol muito alto, muito para fora, muito invasivo e despreocupado dos ouvidos dos outros.

Eu nunca grito. Mas eu sempre ouço o zumbido no peito. Uma bomba quase explode. Sem explodir nem calar nunca.

Talvez por isso, toda vez que faço qualquer exame de saúde tenho certeza de que encontrarei um tumor. Um novelo formado em algum lugar escondido. Um grito empedrado, um grito compacto.

Não sei se o tumor é um medo ou um desejo.

Sim. Essa é a filha de sua autora. Você não me conhece. Prazer.

(diário de mamãe)

10/10/1985

Por que sinto que tem algo em mim? Uma doença rara, um tumor incurável, algo que me matará em poucos dias e me dará algum breve tempo para prazeres e despedidas?

Vasculho meu corpo. O toque que busca nódulos é também um toque de amor? É amor tocar-se em busca de nódulos apenas? Foi o amor que me levou hoje ao dr. Roberto.

Fomos, Gustavo e eu, à clínica indicada por um colega. Uma clínica sóbria, mas com revistas femininas (ensinando receitas e composições de vestuário) empilhadas ao lado do sofá. Poderia perfeitamente estar numa clínica ginecológica ou, ainda, num salão de beleza. É feminino tratar das dores da alma? São só as mulheres que frequentam esse lugar?

São sós as mulheres que frequentam esse lugar?

Gustavo passava a mão pelos meus dedos — um de meus carinhos preferidos. Sinto ternura ao olhá-lo. A ternura é uma forma de amor? Ou um glacê para a piedade?

— Olívia Guerra — chama-me, abrindo um pouco a porta, o doutor.

Gustavo não me acompanha. Não foi uma escolha minha, mas do dr. Roberto. Também não era uma escolha minha que Gustavo me acompanhasse. Era ele quem havia pedido. Qual escolha é minha?

Guiada pelo médico até uma cadeira, coloco a bolsa no colo. Estou desconfortável e foco no peso de papel feito de uma argila seca e algumas pedras que devem ter sido incorporadas à terra ainda molhada. Agora, definitivas, formam um peso de papel feio que deve ter seu valor afetivo. Presente de filho? Por quanto tempo devemos guardar os presentes dos filhos?

Conto de minha vida e de tudo o que acho importante. Ele ouve e responde com mais perguntas. Ele me surpreende com perguntas nunca antes perguntadas por outros médicos. Fico vermelha com a direta:

— Como anda a vida sexual?

Mesmo assim falo. Aumento a frequência dos atos sexuais, tenho vergonha de dizer que Gustavo e eu mal nos tocamos há meses. Também omito o fato de que me masturbo com regularidade.

Conto que estou ali para poder cuidar de meus filhos. Que tenho medo de morrer jovem. Que sempre achei que não completaria vinte anos e que agora, com vinte e cinco, tenho certeza de que não chegarei aos trinta.

Sinto-me melancólica. Náufraga. A vida não é para mim. Vivo com a água no pescoço, fazendo uma força imensa para manter o nariz para fora e respirar. Estou sempre cansada. Quero poder cuidar de meus filhos.

Essa parte me faz chorar. Não na hora, mas agora, enquanto escrevo. A palavra crava diagnósticos em mim. O futuro me parece triste. Estou com medo ou intuição?

Ele diz que tenho não uma doença, mas um transtorno. Achei pior do que a palavra "doença". "Doença" me parece inofensivo, invasora, a doença me acomete e eu, indefesa, a recebo; quando penso na palavra "transtorno" me parece um carro em alta velocidade sendo guiado por um corpo que tem os braços dormentes. E em meu carro estão Maristela e Fernando. Não posso matá-los. Não posso morrer.

Conto tudo para Gustavo no caminho de volta para casa. Quase tudo. Escondo na bolsa a receita do remédio. Ele iria querer passar na farmácia imediatamente. E eu ainda não sei se estou pronta. Tenho medo de quem serei. E medo de não conseguir escrever. Preciso pensar.

Não consigo me encaixar na rotina familiar. Não consigo organizar minha casa. Sinto que é isso que carrego de mais perturbador: a inadequação. Sou uma mulher inadequada. Se eu fosse triste e funcional, não teríamos ido ao médico.

Ser mãe escancara minha inadequação. Seria possível seguir a vida numa tristeza sonolenta e, de vez em quando, almoçar uma maçã murcha.

Preciso alimentar e banhar meus filhos. Não posso ser inadequada.

Olívia G.

(meu caderno)

Minha mãe me alcança por atalhos secretos
Fresta de sol pela janela
Cheiro desimpedido
A descoberta de um inseto

É um susto sempre grande
Ver mamãe dançar pequena nos grãos de açúcar que sobram no fundinho do copo de limonada

É que mamãe gostava de açúcar cristal porque era mais bonito

Ela dizia que ser mais bonito era motivo pra gostar
Que a gente devia gostar das coisas bonitas sem medo

Maristela G. Soares, 5º ano C

escrevi esse poema aos onze anos para a aula de português. era para fazer um poema sobre mãe. e tem sempre uma professora que esquece que, na sala de aula, pode haver crianças que não têm mãe. ou têm mães que não são poemas ou que estão curando um amor quebrado. enfim… sempre fiz as tarefas.
li o poema para a classe. um amiguinho riu, depois disse que tinha medo de gostar de mim porque eu era feia. chorei muito, e a diretora chamou meu pai. do choro compulsivo, minha boca inchou como se tivesse levado uma picada de abelha. odeio esse menino até hoje.

SRA. GUERRA SOU EU

ao chegar ao aeroporto da cidade
onde minha mãe receberia a
homenagem, vi a plaquinha com
o sra. Guerra, mal impresso na
tinta azul de quando acaba a
tinta, dentro do plástico usado
vezes demais. impresso com
impressão digital do Marcos,
o motorista que me esperava.

só então percebi a força desse nome: ao tirar da frente
o Maristela.

sempre achei que meu nome parecia uma libélula:
voadora, magra, feia e frágil.
guerra não trazia armas à fragilidade translúcida de
meu voo.

mamãe Olívia carregava guerra com um contraste lindo.
terminava suave seu nome e
explodia o outro, a próxima, a guerra depois.

sou guerra, então.

— Oi, sou Maristela. Obrigada por me buscar.
— Imagina, senhora. Sou Marcos. Vim pela editora Idílica. Vou levar a senhora para o hotel.
— Tudo bem.

no caminho, passeando pela janela do carro, a cidade nova onde eu poderia ter sido feliz se morasse lá há dez anos ou amanhã.

sempre tive a sensação de que a infelicidade brotava, dia a dia, desde a queda, de pequenas más escolhas que eu insistia em fazer. uma bifurcação atrás da outra, e eu sempre escolhendo o caminho triste. a mulher que passou passeando com o cachorro e rindo para o filho pequeno não sabe o quanto a invejei e desejei que ela fosse vazia, um corpo, um formato, para que eu pudesse habitar não apenas sua casa seu filho seu cachorro seu (talvez) marido, mas, acima de tudo, seu jeito de caminhar no chão de agora. desejei que ela fosse um pedaço de pano, uma veste larga e macia, para que eu pudesse vesti-la e, assim, ficar nua de mim.

foi assim que
passei meu tempo até
chegar no hotel.

no hotel, quis ser quem sou, e esses são os instantes
breves pelos quais eu vivo e insisto.

fui recebida com pompa, com requinte e com um ar
enlutado que já acompanha naturalmente meus espec-
tadores ávidos por minha mãe morando breve em mim.

ao dizer boa-tarde, vi que um ou dois acenderam
fogueiras no peito:
— A voz igual à dela!

calei-me.
quero contar sobre a solidão de ser portadora de um luto
infinito e coletivo. da vontade de não falar nem andar
nem sorrir nem ajeitar o cabelo enrolando as pontinhas
assim, como ela fazia.

ela.
ela minha mãe minha sombra meu pequeno portal para o
horror e para o amor.

calei-me.
assustada por ser eu,
e já me veio de novo a mulher do passeio. a mãe da
criança do picolé de uva e do cachorro e das pessoas que

não são Guerra nem Maristela nem filhas de mães mortas e saltadas ao céu.

o quarto.
o quarto é meu território. o quarto, eu sozinha. o frigobar. a tv. o controle. o banheiro. a porta aberta do banheiro. o banho. a toalha. a cama. a nudez. o corpo no lençol branco. o suor. os pingos de água. o gozo. a dilatação do tempo. a solidão condicionada. em dezoito graus e janelas fechadas. o chão era de carpete. não velho, bom. as toalhas grandes e macias, e fechar a porta na cara dos olhos do editor enlutado foi fechar mais uma vez minha mãe do lado de fora.

alívio.
em cima da cama, chocolates e livros. não dela, mas de outras autoras. algumas vivas outras mortas, mas todas absolutamente desinteressantes para mim. coloquei todos no chão, mantive o chocolate. peguei o controle e comecei a ver o programa da tarde da tv aberta. comendo quadradinhos doces, de férias dos meus grandes olhos dentro, me permito rir da moça que cai ao correr em direção a um cupom de mil reais, que está no final de um corredor cheio de gelatina. escapou um riso errado. como um soluço.

adormeci.

acordei com o funcionário do hotel dizendo que Marcos estava na recepção.

atrasada, tomei um banho rápido e saí com os cabelos molhados e um vestido leve. nunca tive paciência para me vestir. ser naturalmente bonita era, nesse ponto, um alívio. não gostaria de me sentir feia, gosto de ser admirada por minha beleza, mas também não gostaria de dedicar mais do que dez minutos a isso. saí perfumada com o aroma do sabonete que havia levado. erva-doce. mamãe. vestida do cheiro dela, atravessei o salão pedindo desculpas pelo atraso, e Marcos deve ter sido muito bem instruído a fazer eu me sentir muito bem, pois não reclamou e ainda disse que não demorei quase nada.

pulei no carro.
o vidro e a cidade em conserva. em busca da mãe do menino do cachorro do picolé passeei meus olhos pelas ruas. claro que não os encontrei. mas encontrei uma senhora muito velha sentada na praça, com os olhos fechados, recebendo pela finura das pálpebras as luzes da noite em fogos de artifício. ela deve escrever poemas lindos na língua silenciosa do pensar quietinha.

pulei do carro.
na entrada, fãs de minha mãe celebravam minha chegada. eu nunca aceito esses convites, era uma raridade minha presença. olhei para um fã e encontrei, de novo, o susto: eu não sou ela, disse em telepatia.

deu certo. ele desviou o olhar, constrangido.

mas não sei pensar tão rápido, enviar tão rápido os sinais de "por favor, me enxerguem sem trazer do volta o véu". por favor, por favor, por favor.
matei um, mas outros vieram, sedentos e famintos e vorazes, devorando cada pedacinho dos meus gestos, cada cantinho do meu corpo, vasculhando meu medo, meu jeito de me entristecer, meu ombro, minhas clavículas, minha mãe e suas blusas sem sutiã, minha mãe e sua pressa de cabelos molhados e olhos molhados e mãos comidas pela pressa.
eu tinha lavado o cabelo e só.

alguém disse:
— Ela veio até de cabelo molhado.
morri fuzilada pela lembrança da pele dela, de ela escorrida do xampu-creme, recém-banhada, meio molhada ainda, meio quente tomando vento, porque gostava de se secar devagar na cama, estendendo a toalha.

guerra.

o evento aconteceu. sentada no meio da plateia, sem
ninguém de nenhum dos lados, sentia os olhos todos
voltados para mim. olhei para trás, flertando com a porta.
interessante pensar nos momentos que me lembro capaz
de sentir tesão.

olhei e me excitei.
talvez pela saída.
a porta. a porta. a porta.
ou talvez por sentir os olhares todos em mim,
aproveitando meu deslize, meu desvio, meu olhar atrás.
usando o vestido leve, senti os mamilos apontados para o
palco e meu pescoço se dando a mordidas que não vinham
não vinham não vinham em mim. eu e meu olhar para a
saída. eles e seus olhares para meu pescoço, sem me tocar.

devoravam-me sem me comer.

voltei à posição inicial. à posição de vazia.

atrizes liam minha mãe com um entusiasmo
desproporcional. davam a ela o peso da celebridade, da

genial Olívia Guerra, e eu, com medo até de pensar, não achava nada demais aqueles versos sobre a chaleira azul.

certa vez li um estudioso de minha mãe num artigo cheio de
semânticas e
metáforas e
idiossincrasias e
subjetividades e
semiótica e
analisando o céu o mar os olhos na chaleira azul.

por que azul?, era o título do artigo.
eu poderia responder em duas linhas:
porque em casa era azul a chaleira.
azul pois estava mais barato.
(e quem havia comprado era meu pai)

de novo ali, às voltas vozes letras palavras de mamãe em estado de poesia de metáfora e eu ainda dobro a mesma toalha florida depois de cometer o crime a banalidade de lavar as coisas e dobrar e sujar de migalha de pão seus objetos de delírio. pintaram de azul minha mãe e de ouro a chaleira. eu não posso fazer nada a não ser
comparecer
compadecer
padecer
no paraíso da mãe para sempre mas nunca mais.

chega.
acabou.

consegui derramar uma lágrima.
fotografada, devo aparecer líquida
amanhã. frame. fração. do jeito
que deve ser. mais um breve e
enigmático verso de Olívia.

no hall do teatro, depois do grande público, ficamos nós.
os importantes que ganham champanhe.
tim tim tim. um viva à morta. viva viva viva.
eu conversei com críticos e fãs e autografei caderninhos
com a cara dela e livros dela e canecas dela. uma menina
pediu para que eu escrevesse como se fosse ela no peito.
iria tatuar. minha letra que (espanto!) é igual à dela.
camisetas também. um boné com sua frase mais clichê.
os olhos de luto. as suicidas quase. os voadores quase. os
gênios todos. e ele. ele. ele. ele. nada.
ele não tinha nada naqueles olhos nem naquele corpo. não
tinha luto nem emoção. nem poesia. nem água. ele.
ele olhou diretamente para meus seios.

senti que eu estava dançando as
vértebras sem querer.

ele veio e disse:
— Quer mais champanhe?
eu disse:
— Quero.
(silêncio)
eu disse:

— Você também é fã da Olívia Guerra?
ele disse:
— De quem?
percebi que era um garçom servindo a mim e a todos.
ganhando algum trocado. ganhando algum só.

bebi todas as taças que pude. em busca dos olhos no peito.
em busca do mamilo sem sangue sem leite nem voo
nem amor.

por favor, me enxergue agora
como a um pedaço de carne. viva!

senti que estava ofegante. sorri.
— Como você se chama?
— César.
César.
— Você me leva com você?
— Levo.

estava cheia de César na mente champanhe enquanto saía
cambaleando pelo hall e Marcos gritando

guerra!

— A senhora Guerra vai para o hotel?
— Marcos, eu estou com César hoje. Amanhã devo estar
em algum jornal, amanhã eu volto a ser o problema dos
pais artistas que não aguentam nem a vida nem os filhos,

hoje não mãe eu.
falava, ria e tropeçava.
— Sou César, Marcos.
(disse para acalmar meu motorista.)
colocou a mão na minha cintura e partimos.

no carro, o mundo girando gostosamente. deixei escapar um peito só, suave como quem espia o futuro depois de ter passado a vida toda dentro de um caixão.
no carro, não queria mais ser a mãe do picolé com o menino cachorro latindo na casa de manhã.
eu estava com César.

César, por favor, não deixe de ser estúpido. e burro. por favor, seja burro, e deixe cair meu vestido agora. que eu quero respirar sem roupa. eu deixo. eu deixo.

as alças do vestido caindo e repousando no meio do braço e os seios. os seios. os seios.

César, posso dizer que te amo? ou é muito cedo? mas quando chegar a hora você já terá deixado de ser imbecil? porque, se sim, não te amarei e não poderei mais dizer. entende?

o vidro do carro embaçado de você vir de vez em quando lamber meu peito.

de pouco em pouco. como episódios ritmados. batidas e. entre. eu respirava sua...

chegamos à sua casa, César. foi bom ver sua pressa, o problema é que aos poucos você foi ficando menos burro e percebi mil discos de vinil e mil livros daqueles que todos os que gostam de minha mãe leem. as estantes e os quadros e a comida e a decoração, você cada vez menos imbecil e eu cada vez girando mais. por favor, me descansa a respiração. por favor, me toca com a mão cheia e os dedos sem medo. por favor, não me trate como um poema ou como uma obra delicada. não me trate como se eu tivesse asas. deixa eu me deitar aqui, e você vem. você vem?

ele tirou toda a roupa. eu ria.
eu tirei a minha também. ri mais. do meu corpo cheio de espera e pele e pelo e umbigo e vento e palavra calada na curva das costas.
eu:
— Agora você me come, né?

não me diz nada. quero ficar de
costas. não me ame, César.

ele:
— Vira.
virei.
eu agarrada no lençol, e ele com força na música ritmada de quem sabia tocar tudo e gostava dos instrumentos de sopro e de soco.
metendo com força sinto pingar no cóccix.
sinto pingar de novo de novo de novo.

apavorada, olho para ele.
chora.
ele chora em mim.
ele diz:
— Olívia, meu amor.

sacudida pelo pau dentro. socada e balançada,

virei poema. nos meus olhos, o horror. sei porque vi pelo espelho de corpo inteiro que estava encostado no armário.
sei porque vi, ali no cantinho do espelho,
bem ali, refletidos, embaixo da cama, escondidos, os livros da minha mãe.

deixei-me morrer junto com ela.
servi-me fria.

(diário de mamãe)

10/03/1983

Hoje Maristela fez um ano. Vejo nela uma criança especial. Os olhinhos de mar, sempre meio tristes, a boquinha num bico e a franjinha rala, que desce lisa sobre a testa, contrastando com os cabelos cacheados, que já cobrem as orelhas. Sinto nela uma inteligência aguda. Um modo de ver a vida sem muita lente, ou uma lente de se ver a vida sem muito filtro. Um jeito coeso, solene. Ela me desafia. Sou capaz de amá-la e respeitá-la. Sou capaz de respeitar e admirar não a bebê que ainda precisa de mim para a troca de fraldas, mas a mulher que já a acompanha, como um contorno luminoso, à espera do corpo que ocupará aquele espaço todo. Mari carrega com solenidade um futuro e um passado. Minha filha é um acontecimento de sorte, pois sinto que não tenho muito a ver com sua grandeza. Ela já nasceu altiva.

Fico pensando se estou olhando como mãe apenas. Desconfio que não, pois não sinto isso com Fernando. Provavelmente por minha culpa. Ou não. O fato é que não tenho certeza do poder que temos sobre nossos filhos, visto que nascem diferentes, crescem diferentes e seguem nos espantando, para o bem e para o mal, em atitudes que soam estrangeiras a todos os ensinamentos. Fernando carrega um coração imenso, e maior ainda é o cadeado que o tranca. Um peso que curva seu corpinho e fecha o peito, abrindo as costas. Um anjo ferido. Fui eu quem o feri? Espero que não. Se foi, espero que se cure.

Gustavo não tem paciência para esses devaneios. Ele finge que sim para não me chatear, mas está escutando vazio. Encho de voz seus ouvidos. Voz sem som. Palavras sem eco. Ar. Como um balão, ele voa carregando meu fôlego. Estou silenciosa pela casa. Sem ar não há voz, mas me sobram as palavras mudas, então escrevo.

Maristela, minha filha, meu amor: feliz aniversário, pequena. Espero que sua lucidez não a impeça de ser feliz. Entre a coerência e a felicidade, escolha a felicidade.

Olívia G.

VOU MORRER VOADA NA PALAVRA E NO CÉU. QUERO QUE VOCÊ OLHE PORQUE VOCÊ VAI PODER VIRAR POEMA.

mamãe se aproximou de mim no ouvido. disse baixo.

hoje sei.
ela estava sofrendo e tentando não sofrer. o que é sofrer duas vezes. mas não quero perdoar. nem preciso. nada muda. eu, sendo criança, menos ainda. não tenho que perdoar nem entender nem saber da dor dela. não tenho nada. não posso tirar leite de pedra. não tenho pedra. ela me deixou a palavra, e a palavra é nada nada nada nada.
eu e nada.
hoje sei de todo amor que posso sentir por meus pequenos vasos de orquídeas empilhados na varanda de onde ela saltou. fiz o que pude. tudo. e pouco.

mamãe talvez me enxergasse embaçada, um espelho depois do quente do banho da água. um espelho embaçado. achou que eu poderia pegar as letras e transformar em palavras e pegar as palavras e transformar em presença e amor. não posso e não quero.

assim que ela saltou, fui em silêncio até a estante e peguei seus livros. dezenas de livros não vendidos, guardados em plástico, esperando quem os abrisse. joguei todos logo depois dela. para que alcançassem seu voo. uma mão me segurou porque eu pularia logo em seguida. tinha criado, em transe, uma fila para entregar à mamãe seus amores. primeiro, a palavra, e depois, eu.

mamãe, já vou! você e seus livros.
as palavras as letras a gente e o
chão que tivemos que quebrar
com nosso corpo. nosso corpo
cavando o chão, morrendo nele.

uma mão me segurou e não era deus. era Mari 1.

Mari 1 estava em casa, no quarto, escrevendo uma cartinha de amor. eu tinha ido pedir para mamãe ler a carta de amor da Mari porque mamãe escrevia e eu dizia isso feliz por aí. Mari me segurou e não foi sua força que me parou, mas seu toque, que me lembrou de sua existência, e sua existência que me lembrou do desejo de amar e da lição de casa que tinha para o dia seguinte e eu precisava fazer.
Mari 1 não me deixou ser poema. me virou lição.

junto aos livros, guardado lá no fim da caixa, descobri um bilhete com a letra dela:
por favor, me leiam enquanto estou viva.
ela não deixou tempo.
eu queria ter falado que ela estava doente e que eu acho que ela nem era tão boa assim na poesia, só estava triste e doente, sem remédio certo na cabeça. mas eu era criança demais. queria ter tido quinze anos naquele dia porque eu já saberia dizer.
mas ela não deixou tempo.

até que veio o jornal e a notícia da morte da poeta que saltou com os livros embalados em plástico. veio a notícia e um a um os pedidos. queriam os livros. os que tinham seu sangue foram roubados pelos vizinhos e pelos bombeiros e pelos médicos que estudam a vida toda para dizer de uma cabeça quebrada: está morta essa cabeça e assino embaixo.
depois apareceram por aí em mercados obscuros, por uma fortuna, a palavra e o sangue dela.

abutres, investidores da morte.

EU QUERIA TER GUARDADO
UM LIVRO COM SANGUE.

num lugar pequeno e bem perto da minha cabeceira.
na esperança de ler seu cheirinho.

até que apareceu o doutor letras formado pela universidade bambambam com nome em francês no doutorado. deve ter achado o livro. deve ter ouvido a história. deve ter se sentado com alguém que disse que uma mulher assim se matou com livro e foi. o ouvido perfeito. fértil. fazedor de nomes imprescindíveis para a literatura contemporânea. além de tudo, um homem bonito e com a barba certinha e a camisa certinha e, claro, uma coluna de muito sucesso no jornal de sucesso. e branco.

a manchete na coluna literária:

Olívia Guerra e a Morte de
Quem Ainda não a Leu

falava de uma mulher que eu não conhecia e que era
minha mãe.
falava que era genial e triste e presa e solitária.
senti culpa por não existir direito.

falava de suas palavras, que eram a síntese do mundo.
que ela era uma metáfora linda do que é ser mulher num
mundo opressor onde todos os homens eram opressores e
estavam matando minha mãe lentamente aos poucos, mas
ele não, pois ele estava trazendo de volta à vida a poeta,
a jovem poeta suicida. ele, ao ressuscitar os livros, jurava
fazer renascer a mulher. mas
eu continuava sem mãe e,
a partir daí, venderam-se todos os livros e
eu vi cada um desaparecer.
daquela pilha, sobrou o que guardei para mim e o bilhete:

por favor, me leiam enquanto estou viva.

minha mãe virou caneca também e depois camiseta e
depois boné e depois uma série de televisão caderno etc.

quando fiz dezoito anos e recebi do meu pai o dinheiro
dos direitos, soube que ela me amava errado, mas amava.
e me deixava a palavra e a independência.

a palavra e o tempo. a palavra e
os olhos dela e o salto e o meu
quase salto, mas, se você diz e

depois some, você não deixa a
palavra, você deixa o silêncio.

ela não deixou tempo nem direito de resposta, pois até o silêncio precisa de companhia.

lembro de meu pai em ligações com advogados falando do bilhete que ela havia deixado, lembro de ele dizendo que aquela história de direitos era besteira e que era para fazer o testamento deixando para mim e para meu irmão a parte dela do apartamento. eu, munida de coragem, fui falar com papai. chorava pedindo para que ele não tirasse de mim o presente da mamãe, que o apartamento eu já tinha era meu porque tinha meu quarto e eu não queria dinheiro só um pouco pra subir na padaria pegar picolé.
por favor, papai, me deixa o presente da mamãe.
ele deixou. me acalmou. numa conversa entre homens, ele e meu irmão deixaram aquele presente, aquela bobagem de poesia para mim. na integridade que sempre teve para assuntos burocráticos, papai de fato oficializou o presentinho de mamãe.

o presente virou muito presente. aos dezoito anos, recebendo a quantia inesperada, comprei o apartamento pagando para meu pai ir embora já que ele não aguentava mais e entregando a meu irmão a parte do dinheiro que lhe cabia por aquele espaço que ele nunca chamou de casa. esvaziei a casa ao máximo para fazer os móveis respirarem das feridas do passado, mas enchi de flores a varanda. mandei tirar a rede de proteção e comecei a me sentar lá todos os dias às cinco da tarde esperando com café e cigarro e um livro best-seller o sol morrer lavando o dia e o chão e minha mãe cor de laranja revelada para sempre em meus olhos como uma fotografia infinita.

de meu irmão não quero falar.

CÉSAR SAIU DE CIMA DE MIM

e pediu desculpas. estava chorando.
eu me cobri com lençol, cobertor e ferro. fechei rapidamente a fresta de luz que tinha aberto para ser comida pelo garçom iletrado. sentada na cama com aquele homem transformado em uma substância pastosa feita de gozo lágrima champanhe e tinta fresca.
coloquei minha roupa.
odiei cada parte do meu corpo e cada pinta do meu-nosso corpo e cada pedacinho seu em mim, mãe. em silêncio, saí do apartamento.

tinha ali uma janela alta, mas
não pulei. nunca pulo, mas
sempre vejo a janela. eu sempre
calculo o som da queda.

— Marcos, pode vir me buscar.

— Como?
— Eu sei que é tarde. Por favor, Marcos.
chegou. tinha pedido para me buscar na esquina e, depois, completamente sóbria, vi passar baratas noturnas e bichos com mil patas na rua do César. olho para o chão toda vez que quero viver mais um pouco.
a realidade, apesar de tudo, é meu lugar mais seguro.

não desvio das baratas nem as mato. eu as invejo tal qual a mulher do cachorro picolé ou a velha escritora de pálpebras e sol na cabeça.

Marcos chegou e está menos feliz.
ele abriu a porta do carro. entrei. encostei a cabeça no vidro da janela e descansei olhando cada luz sumir. o vidro embaçava do respirar. chorei.

Marcos perguntou:

— Tudo bem?
— Tudo.
saí do carro, me debrucei sobre a janela e o beijei suavemente na bochecha. enfiei uma nota de cem reais na lateral do carro e

perguntei se ele tinha filhos.

— Tenho. Uma menina de oito anos.
— Olha! A idade que eu tinha quando morri.

ele não entende nem pergunta.

— Usa o dinheiro para ela. Por favor.
— Amanhã busco a senhora.

no quarto do hotel, enviei uma mensagem ao editor de minha mãe pedindo uma lista de todos os funcionários do evento.
ele não perguntou nada. depois de uns minutos, enviou uma mensagem encaminhada, acho que da pessoa que sabia da lista.

nome
nome
nome
nome
nome
césar sobrenome
nome
nome
nome

encontrei César nas redes sociais. usei o perfil que tinha criado com nome falso. sou Carmem agora. vasculhei seus posts, suas fotos. ele administrava uma página que se chamava Olívia Para Sempre.

cliquei.
minha mãe aparecia em fotos que eu nunca tinha visto. estava na praia na foto de perfil. ri desviando os olhos da câmera. linda.
ao rolar a barra, vi mamãe, papai, nosso sofá e nosso gato. vi Mari e eu sentadas na mesa da cozinha com mamãe cortando um pão grande que ela fazia. não me lembrava do pão e salivo. não me lembrava da comida da minha mãe e agora salivo e agora carrego mais um vazio.

a postagem mais recente dizia:

Maristela, filha de Olívia, confirma presença em evento.

na foto da notícia, mamãe e eu dividimos tela, olhando espantosamente do mesmo jeitinho para baixo, ressaltando, como eu já sabia e sempre soube, nossa terrível semelhança.
no comentário, César comentou como ele mesmo: meu sonho é passar horas conversando com a filha da Olívia. dizer a ela que amo sua mãe. abraçar. fingir que tenho Olívia comigo.
alguém respondeu: ela odeia ser tão parecida com a mãe.
César: sério? que doida.
alguém: sério. se quiser falar com ela, melhor fingir que nem sabe quem é Olívia.
César: posso te chamar inbox?
alguém: claro.

o nome desse alguém me pareceu familiar. e era. Rose. Rose Mendes. cliquei.
Rose estudou comigo na escola. no colegial. fomos amigas, e eu disse tudo isso deitada no colo dela enquanto chorava. Rose agora vendia meu sangue por aí. tal qual os abutres do livro em plástico com minha mãe coagulando marrom e secamente.

(não sabia como parar de morrer)

fechei o notebook com força, sem me importar se tinha ou não partido o vidro da tela.
fiquei hospedada no terceiro andar, a janela não tinha telas e dali até o chão duraria dois segundos o voo. o som talvez fosse o grito do corpo partido, mas não morto.

não pulei. nunca pulo. mas eu
sempre ouço a queda.

FOI NA ÉPOCA QUE EU CONFUNDIA DEUS COM PAPAI NOEL, QUE VER MINHA AVÓ ERA MAIS DIFÍCIL.

ela, parecida com mamãe.
eu, parecida com mamãe.
ela, mais velha.
eu, mais nova.
ela, para mim, a mãe que nunca chegaria.
eu, para ela, a filha que nunca voltaria.
sem nosso meio, nossa linha, Olívia, nossa linha do tempo. gangorra, vovó e eu, melancólicas infinitas em busca do mapa na cara uma da outra.
— Oi, vó.
— Oi, amor.
minha avó
separava para mim as melhores xícaras.
eu
fingia gostar de café.

— Como estão as coisas?
— Estão bem.
— A escola?
— Tudo certo.
— As amigas?
— Mais a Mari mesmo, vó.
— Mari é uma gracinha.

tempo. cadeiras brancas. relógio com barulho, garrafa verde na mesa. toalha queimada de ferro descuidado. colherzinha. açúcar. uma pausa na máscara. vovó mora longe agora. desviada do tempo hoje, ela se abriga num lugar impossível. em silêncio, vovó ausente. eu olhando as horas. a porta fechada. um barulho na rua.
— Meu irmão está aqui?
— Saiu.
— Ele sabia que eu vinha?
— Acho que não, amor.
(mentira)

porta-retratos: meu irmão bebê, minha mãe com dezesseis anos, minha avó. os três num sofá listrado. minha mãe com cabelos bem curtos. as mãos de minha avó repousando leve em seu ombro, como que passando por uma artéria invisível o sangue da maternidade e da resignação.

porta-retratos: minha mãe criança
embaixo de uma pitangueira. o
vestido curto, a franja curta. as
mãos entrelaçadas na frente do
corpo. um sorriso quadradinho e
dois dentes a menos.

porta-retratos: minha mãe e
meu pai na praia abraçados, meu
irmão no meio, já alcançando a
cintura de mamãe. eu na barriga
esgarçando o maiô.

porta-retratos: uma reportagem
de jornal sobre mamãe
homenageada por um festival
importante de literatura.

voltei para minha avó, que ainda tinha os olhos morando longe. terminamos o café e fomos a um quartinho.
— Quero muito te mostrar uma coisa.
ela abriu o armário, e de lá saíram dezenas de cadernos e recortes de jornal.
— Ainda bem que guardei tudo.

[prezado editor, não se anime.
nenhum material de minha mãe
criança existe mais. todos foram
queimados, são cinzas.]

e começou a me mostrar todas as letrinhas, os desenhos
e as datas escritas completas e o nome Olívia começando
redondo. as contas todas como se não existisse calculadora
e tudo o mais que se faz quando a escola ocupa o tempo.

num cantinho do caderno, um
coração e uma letra sem capricho:
estou triste e quero chorar.
fingi que não vi, minha avó
também.

COMECEI A ESPIRRAR, E MINHA AVÓ ABRIU AS JANELAS.

a rinite!
continuei espirrando, e minha avó dizendo da redação e do
bloquinho de notas, minha avó e o recorte de jornal
e o diário secreto e minha mãe e a letra da minha mãe.
letra
le
tra
trrrrrrrrrrrrrrrrr

o som da consoante. a letra tombo.
o voo. a queda. o chão. a mão.
a tesoura. a mãe. o passarinho
depois. o pano depois. o restinho

da minha mãe nos livros. os livros.
eu e ela e uma luz de abajur de ler
escondida no quarto.

senti uma tontura e disse que precisava ir ao banheiro.
vomitei bem sozinha.
o novelo.
voltei ao quartinho.

minha avó queria que eu cuidasse da minha mãe-letra. e dela, minha avó-memória. queria que eu pudesse abrigar a linha toda na cabeça no peito no estômago. queria me passar a mãe criança, a mãe morta, a mãe palavra de quando eu ainda nem existia. eu não poderia suportar.

(eu tinha dez anos, mas ela parecia não se lembrar disso)

olhei fundo nos olhos da minha avó e percebi que estavam impenetráveis.

a casa morta. a mãe morta.
(a filha morta mata a mãe?)
minha avó sem a linha do meio, entregando à neta toda a linha, o tecido, o novelo, o fio fino e cortante.
queria ter escutado uma música.
perdi minha avó também. não existiríamos nunca mais sem a tristeza sentada entre nós, no sofá.

pedi ao papai noel que botasse fogo em todos os papéis.
papai noel não é deus e não atende a pedidos de crianças malvadas.
pois eu mesma cresci e,
desacreditada dos milagres,
fiz a letrinha redonda da minha mãe queimar numa fogueira na praia.

(meu irmão não estava nunca quando eu ia à casa de minha avó. do meu irmão, quero falar só um pouco.
e talvez.)

borboleta

nas costas, pesavam-me as borboletas. eram imensas e
delicadas em mim como se fossem uma casca de um pêssego.
eu...
comecei a ficar molhada e aquela casca a se desfazer em asas.
peguei uma com a mão, olhei para ela. uma borboleta azul
imensa.
soltei. ela voou aliviada e eu respirei como quem tira um casaco
em um dia muito quente.
ainda busquei por outras e todas elas todas todas se
desgrudavam de mim, voando como
coisas lindas para longe da minha pele. eu respirava e percebia
que minha asa era quando deixava voarem as borboletas.

senti mais uma. a última. a última borboleta azul.
ela eu não conseguia alcançar.
chamei minha mãe. de novo e de novo.
ela veio no sonho e tirou para mim a borboleta que faltava.
voamos.

Olívia Guerra

MINHA MÃE ENGRAVIDOU AOS QUINZE ANOS.

não de mim, mas do meu irmão. no ensino médio, que era colegial, foi ela a grávida da turma. quase sempre tem uma grávida na turma. aquela que vira o fantasma das mesas de almoço das famílias. aquela que mostra que se engravida uma vez só rapidinho mesmo daquele estranho jeito sem jeito que costuma ser o sexo adolescente. foi minha mãe.

minha mãe,
criança e grávida de alguém.
sensível, dolorida e sem colo.
silenciosa nas aulas de literatura,
rabiscando nas aulas de matemática,
lendo muito e
entregando todas as lições no prazo.
com poucas amigas,
de uniforme cinza,

limpando os olhos na primeira aula,
passando batom na terceira,
tomando café com leite na cantina e
morando na casa da minha avó.

minha avó,
divorciada de um marido que sumiu e não quis mais ver
a filha.
criando como podia a filha adolescente,
trabalhando no INSS.
aposentada aos quarenta e seis,
acordava às cinco mesmo depois.

o café da filha. o pão francês. o leite na garrafa de vidro
devolvida ao leiteiro às quartas-feiras.
o almoço começava a ser preparado às dez e meia para ser
servido ao meio-dia e meia, quando minha mãe chegava
da escola.

isso ela conta quando eu me
sento na poltrona à frente
dela e sirvo de caderno de
memórias. gosto de ouvir as
mesmas histórias. dependendo
do dia, enxergo muita luz e o
cabelo brilhante da minha mãe
contrastando no uniforme cinza.
em outros, percebo que faz frio,
vejo a tristeza da minha avó,

aquela adulta solitária, sem ter
quem a toque, numa idade em
que um carinho com a ponta dos
dedos pode valer a vida toda.

08/04/1975

Filho,

Escrevo esta carta a você numa página do caderno de geografia. Você está acomodado em minha barriga e o sinal já vai tocar. Poderei alimentar você com pão e queijo, que trouxe de casa embrulhados em papel alumínio.

Tenho sentido enjoos e insônia. Quem fez meu lanche foi minha mãe. Sua avó. Nunca fiz meu próprio lanche. Faço muitas coisas, mas o lanche quem faz é ela. Como um carinho que recebo feliz e grata.

Mas, agora que sinto tanta fome e estou prestes a desembrulhar o pacotinho, fiquei me sentindo boba demais para ser mãe. Mas serei, ou melhor, sou. Sou sua mãe. E estou começando a te amar muito. Te amar tanto que quero arrumar a casa para te receber. Arrumar minha casa, nossa casa, arrumar seu pai e eu, crescer um pouco, trabalhar muito e encher você de paninhos.

Vovó veio dizer de você morar com ela, e escrevo pois resolvi aceitar. Foi olhando para o alumínio, que é ruim de espelho, mas reflete alguma coisa. Desculpe. Vou terminar meus estudos. Vou trabalhar muito. Seu pai está quase na faculdade. Vai se formar e ser um homem de sucesso. Seremos um sucesso! Uma maravilha! Todos, todos os dias vou te ver e ficar com você todo o tempo que puder.

A casa da vovó é mais fresquinha e mais ventilada. Vou dormir muitas e muitas noites por lá. Prometo. Vamos ficar pertinho demais. Nem vai dar tempo da saudade. Quer dizer, vai dar porque a saudade que sinto de você já vem colada na presença. Frente e verso do mesmo amor.

Desculpe, filho. Você vai ler esta cartinha quando crescer e, se não houver mágoa, não haverá o que perdoar, mas, se houver, abra muito o seu coração (que agora é um carocinho vibrando em meu ventre) e receba a certeza de meu amor mais puro e generoso. Receba todo o amor que sua mãe (esta, que ainda não faz os próprios lanches — veja que vergonha!) pode entregar a alguém e me perdoe.

Sua,
Olívia G. (mamãe)

MINHA MÃE E MEU PAI FORAM MORAR NUMA KITNET

com aluguel muito barato num bairro longe. exigência de minha avó: que se casassem e fossem batalhar a vida. aquelas frases de quem leva a vida sob as máximas: o trabalho enobrece o homem/deus ajuda quem cedo madruga/quem casa quer casa.
com uma ajuda de um lado e de outro, meus pais conseguiam pagar as contas. estudando e trabalhando, meu pai. trabalhando, minha mãe.
meu irmão, com minha avó, crescia confundindo vó com mãe. chamando de mãe a avó e de tia a mãe.
o pai ele sempre chamou de pai, porque foram poucos os homens na vida dele. não tinha como confundir.

o pai ele nunca confundiu nem
acusou nem inundou de culpa e
remorso. os homens são sempre

mais facilmente perdoados por
seus abandonos. mesmo que
nunca peçam perdão.

meu irmão, a quem minha avó prefere sem fazer questão de esconder — e com justificativa óbvia —, tinha sete anos quando foi morar com os pais. com a gente, melhor dizendo, porque foi justamente quando minha mãe engravidou de mim que decidiram que era hora de juntar a família.

a família vem em primeiro lugar/a família é a base da sociedade/o bom filho a casa torna/ser mãe é padecer no paraíso/tal pai, tal filho.

nós quatro no apartamento em que vivo até hoje.

Rua Major Oliveira, 687, ap 91

1982
uma varanda e uma sala
três quartos e dois banheiros
uma lavanderia separada da cozinha
um palácio
uma criança de sete anos que chama a mãe de tia
uma criança recém-nascida que nunca chorava
um engenheiro recém-formado trabalhando três períodos
uma mulher que nunca fez faculdade
uma música dos anos sessenta

Elis cantando Madalena
uma mulher chorando a morte de sua cantora preferida

1985
uma varanda com vasos de orquídeas
uma mesa com toalha sempre colocada
uma geladeira com comidas estragando
uma criança de dez anos que bate a porta na cara da mãe
uma mulher que toma quatro banhos por dia
uma criança de três anos que come terra do vaso
um homem chegando em casa cada dia mais tarde
Elis e Tom cantando Modinha

1987
uma sala com poeira
uma mulher que se esquece de comer
uma mulher que publica um livro com tiragem de
cem exemplares
um menino que entope o vaso sanitário tentando matar
afogados os poemas da mãe
uma menina que faz uma amiga
uma amiga que leva um jogo de tabuleiro
um menino que passa dois meses na casa da avó
um homem que perde a paciência
uma menina que bate à porta do quarto do irmão
segurando papel e giz de cera
um irmão que fecha a porta no dedinho da menina
Elis cantando Trem Azul

1989
uma menina que desenha no espelho embaçado depois do banho e na poeira da mesa da sala
um menino que começa a fumar escondido no quarto
uma mãe bate à porta
um pai arrebenta a porta
uma menina chora e vai abraçar o irmão
um menino dizendo vaza, fedelha
uma mãe escrevendo num caderninho
um pai lendo um caderninho
uma menina aprendendo a ler ao seguir com o dedinho as palavras do livro da Cecília Meireles
oitenta livros na caixa de papelão
uma mãe com os olhos sempre molhados
não ouvíamos música

1990
uma casa que oscila entre vida e morte
um pai que acha mais prático passar a noite fora
um menino que fuma na sala e abre latas de cerveja
uma menina que começa a fazer furinhos na sola do pé de propósito
uma amiga que vai sempre
uma mãe que esquece de fazer o lanche
uma mãe da amiga que faz dois
uma cama fresca
uma cama desarrumada
uma mãe feliz e um céu azul
uma mãe muito triste e um céu laranja

uma mãe nem feliz nem triste porque morta
um carnaval depois de um velório
janelas abertas depois de alguns dias na penumbra
uma criança ouvindo um disco com bichinhos na capa e
gostando da música da corujinha
um pai que teve que estar
um irmão que foi embora

2022
uma avó lúcida e muito velha numa casa com seu
neto de quase cinquenta anos
uma avó que ainda faz os lanches e as refeições do neto
uma mulher na varanda de onde saltou sua mãe com um
cigarro mentolado apoiando-se no ferro
um homem numa casa alugada na cidade da esposa assiste
ao telejornal sem camisa, com os óculos posicionados na
ponta do nariz, mexendo no celular
uma família partida
um inventário injusto
páginas de mamãe que virou palavra na boca de outros e
vazio em nossa garganta

as lembranças são minhas? são essas as lembranças? seria
essa a lista de importâncias? relevantes? precisas? justas?
estou acostumada a inventar o passado misturando
memória, ouvido e olhos. omito os prazeres porque me
são insuportáveis. omito as delícias. invento um passado
mais triste para suportar um presente e futuro para
sempre ressoando a queda. galpão vazio. quebrado o

maior dos espelhos, sigo eco. invento outro alguém em
minha própria voz para que não morra de solidão.

era uma vez uma mulher muito linda

que decidiu ir morar no Reino das Fadas.
Certo dia, sentindo que lhe nasciam asas, saltou do alto da montanha e voou com os olhos fechados. As asas se abriram, e a mulher viu o mundo lá do alto. As coisas foram ficando pequenas, e o que antes eram casas, árvores, ruas e pessoas foi virando estampa.
O horizonte laranja chamava pela mulher, agora fada.
No meio do caminho, ao se lembrar da menina dos olhos verdes, a fada voltou com pressa e chegou, cintilante, à janela.
A menina a esperava voltar e abriu um sorriso ao ver seu corpo-fada, as asas translúcidas.
– Minha pequena, virei uma fada agora. Estarei sempre perto de você. Sempre, sempre. Agora sou uma fada que mora no céu e no seu coraçãozinho – disse ela.
A menina fechou os olhos e sentiu o beijo da fada, que era um sopro leve. Não teve medo, pois sua mãe, agora fada, estaria sempre a seu lado.

Maristela G. Soares, dez anos

reinventei a morte de minha mãe. foi assim que comecei a escrever. foi para poder criar não novos fins, mas novos meios, novos motivos, novos caminhos. já que ela, a poeta, me deixou a concretude da queda. a antimetáfora do salto e do som.

fim.

já que ela não me contou a delicada mentira do cachorro que morará no sítio ou dos avós que viram estrelinhas. já que era ela a morta e que, decidida, me direcionou o olhar em direção ao seu inegável

fim.

eu gostaria de dizer aqui que acho a mentira uma necessidade fundamental da infância. que a violência da verdade deve ser evitada até o limite do possível. que a verdade cruel crua absoluta é uma necessidade do adulto, e não da criança. queria que tivessem mentido para mim. queria que até hoje me escondessem. queria que me explicassem com palavras simples e mágicas. sua mãe foi para o reino das fadas. sua mãe agora é um anjo. sua mãe agora mora dentro de seu coração. mas ouvi o laudo, ouvi a queda e a sirene, e vi (embora em minha mente tenha sobrado apenas a mão quebrada; o resto apaguei) o corpo. joguei os livros. ouvi os livros numa queda irregular, assimétrica, um som de partes que são levadas pelo vento. com os livros consigo fazer alguma poesia e inventar borboletas com suas páginas. os livros voaram. minha mãe caiu. sou assombrada pela verdade. a verdade e eu caminhamos juntas, e essa é uma nova camada da minha tristeza. se a poesia de minha mãe faz com que pessoas acessem camadas profundas da subjetividade, comigo é o oposto. com ela, acesso apenas a camada mais breve e efêmera, o que tenho de mais perecível. me acessa mortal e me injeta a morte como fim inevitável. as mães não servem para nos desviar da morte? para nos dar a sensação de importância tamanha que nos exclui da lista dos mortais? alguém precisa me ajudar com a mentira, pois estou inundada de verdade. lúcida desde os oito anos. desanestesiada. vocês podem dizer que querem a verdade, mas a querem por um breve período. como uma visita catártica que não se demora. experimentem conviver com a verdade. estou doente por falta de ilusão. adoeci por excesso de lucidez. enlouqueço por estar sóbria demais para a vida. equipada com uma armadura subcutânea feita de uma trama do fio vertical e certeiro da morte e do fio deitado e implacável da realidade.

fim.
enfim.

FOI ASSIM TAMBÉM QUANDO O MÉDICO VASCULHOU MEU ÚTERO

e disse: não tem nada aqui.

fim.

[minha vida talvez lhe pareça bastante inverossímil, prezado editor, mas saiba que muitas e muitas mulheres perdem seus pequeninos bebês antes mesmo de qualquer sinal ao mundo. elas não faltam ao trabalho e são obrigadas a engolir um luto terrível em prol de uma engrenagem que não pode parar. mesmo que tenham que enterrar um futuro todo sozinhas.
é a estatística, como disse minha avó, não sei quantos por cento das gestações não chegam à décima segunda semana, ela dizia, na tentativa de me tornar mais uma e, mesmo que sem querer, tirando-me o direito de chorar. se são tantas essas mulheres, e elas estão vivendo, como eu poderia estar tão triste?

portanto, prezado editor, talvez haja nessa estatística algum filão de mercado editorial, mas não posso contribuir muito com essa narrativa, já que escrevo simplesmente para livrar-me das coisas, e não para que me acompanhem em páginas e páginas de memórias eternizadas. este prefácio sobre minha mãe é um trem de palavras e letras. um trem descarrilhado, mas urgente. um trem que me atravessa o corpo, fazendo caminho nas artérias e buracos todos.]

— Não tem nada aí — ele disse.
Cacá segurava minha mão. olhei para ele, e ele olhou para mim com a mesma dúvida. a mesma pergunta grudada na retina.
— Tem certeza? — ele perguntou.
o médico deu um sorriso e respondeu:
— Tenho, claro.
eu não disse mais nada. o médico digitava algo na máquina. Cacá me fazia carinho na testa. sua mão estava suada, e acho que foi o pior carinho do mundo. não quis mais e pedi para que ele saísse. o médico terminou de digitar e me deu um punhado de papel toalha para me limpar. a vagina com gel, o papel áspero, a calcinha por cima, a calça, a porta que abri, a luz branca do hospital, Cacá me olhando assustado, uma raiva imensa que senti dele, uma vontade de ter minha mãe, uma vontade de ter minha avó sendo outra que não essa minha, uma vontade da Mari 1.

disquei para ela e disse:
— Amiga, eu estava grávida e acabei de perder o bebê.

A MORTE SEMPRE ME ACOMPANHOU.
SOU FILHA DA MORTE.

cria da morte. sou acompanhada por fantasmas. mas foi neste dia que senti medo de morrer pela primeira vez.

cheguei em casa do hospital e lá estava: a varanda.

pela primeira vez, entendi minha mãe. ocupei seu lugar de árvore. ocupei seu lugar e a perdoei menos ainda. por amor a meu filho que viveu três dias em meu ventre, desejei saltar para não encarar um futuro sem ele. entendi menos seus motivos e fui tomada por uma dor tão fria, mas tão fria, que comecei a tremer.
percebi que meu filho me daria a chance de ter minha mãe de novo. ela seria em mim, e eu seria a mulher que conta histórias e faz poesia na poeira que aparece com a luz do sol. mas eu jamais pularia.
nessa hora, Cacá apareceu e me abraçou por trás,

carinhosamente. sua presença me violentava. eu precisava ficar a sós com minha mãe e meu filho voados para o reino das fadas. Cacá havia tomado banho assobiando uma música. aquilo havia me ferido de morte. o assobio no funeral do nosso bebê. percebi que ele não tinha a menor ideia de quem eu era, pois não tinha imaginado que eu, em três dias, já havia desenhado um futuro todo para nós três. eu estava enterrando um filho e seu futuro. estava enterrando as tardes de céu azul, a escolinha, a voz, o desenho, o lanche preferido, o nome que iria ecoar pela casa, o mar, o sol, o pijama de algodão, o cabelo penteado, os pés, as roupas sujas de terra. eu já tinha um mundo todo nosso. eu agora estava sozinha.
ele disse:
— Talvez tenha sido melhor assim. Tudo tem seu tempo.

mesmo certa de que nunca deixaríamos de nos amar, pedi que ele fosse embora.

MEU CASAMENTO ERA REGIDO POR MEUS HUMORES.

um poder imenso. uma prisão saber-se dona das escolhas todas. comecei a fazer uni-duni-tê com o amor. e quando ele colocou a paçoca escrito AMOR na mesa, quando o aroma do café veio forte da cozinha, resolvi ficar mais um pouco.
foi assim para nosso amor durar mais um tempo. não por fôlego, mas por falta de fôlego para o fim.
foi meio assim também que a gente começou a namorar. eu e Cacá.
eu gostava do Gui, que gostava da Mari 1, que gostava do Gui de volta e fechava lindamente a ciranda. a dança de dois. a valsa. e eu de fora, e o Cacá disponível para um amor que eu sempre soube pertencer não a ele nem ao Gui, mas a mim mesma. como estava sem corpo, precisei encarnar em alguém esse amor. precisei amar alguém para dar contorno. incorporar.

não tenho força para buscar o amor. não tenho ar nem pulmões nem coração. perder um amor, perder o amor aos oito anos faz com que a gente não queira nunca mais perder nada. nem o ar nem o tempo nem a certeza. a única coisa que não tinha medo de perder era a mim. talvez porque tenha sido bem recente a noção de que sou algo a ser perdido, de que preciso de bússola e caminho e chão e passos.

Cacá era estável e gostava de estar ali comigo. pronto.

no primeiro dia do ensino médio, passei um perfume cítrico, delineador e um batom quase vermelho. soltei os cabelos e cortei a camiseta do uniforme numa canoa larga que mostrava a saboneteira. tinha tomado sol. marquinhas. andei pela escola e percebi os olhares. o desejo era o de morar naquele desfile e sentir a sede dos que me olhavam. deixar a sede, a seca e o fio agudo do desejo sustentado pela falta de.
Gui não me olhou. estava concentrado dizendo para um amigo a resposta de álgebra.
— Oi, Gui.
— Oi, Mari.
ele me cumprimentou olhando nos olhos. sem o tempo do espanto. sem o tempinho, o susto. sem dois segundos e uma boca meio aberta.
ao me despedir do nosso olá, percebi Gui já com o interesse no caderno, na resposta longa e complicada. o amigo, porém, me olhava com o espanto preso no rosto.

não me fitava nos olhos. não. era na marquinha. na cicatriz do sol. no ferimento.

Gui virou engenheiro. e o amigo, meu marido.
mas antes do Gui virar engenheiro, Mari 1 passou por ele.

Mari 1 não tinha cortado a camiseta e nem passado batom e nem perfume cítrico. o perfume da Mari 1 era doce, e eu estava esperando a hora certa de dizer que era doce demais.
— Oi, Mari.
— Oi, amor.
— Bem de feriado?
— Super. E você?
— Também.
Gui passando. Cacá junto.
— Mari, Mariana...
— Oi, Gui.
— Tá bonita, cheirosa...

o espanto e os olhos farejando o
corpo dela em busca do cheiro.

— Valeu, Gui. Que bom que gostou.

Cacá em mim. eu no Gui. desvio.
eu em Cacá. os olhos do espanto,
ele. os olhos da resignação, eu.

— Bora fazer alguma coisa os quatro?
— Bora.
Gui gosta do doce. eu cítrica.

(mamãe tinha dores de cabeça quando sentia cheiro de baunilha. eu tive que cheirar mamãe profundo. as notas que saíam de mim eram laranja e madeira. como o céu que ela saltou. como o chão que ela encontrou.)

MARI 1 SABE DEMONSTRAR AMOR FAZENDO COISAS ROTINEIRAS

que são impossíveis para quem está triste demais. ela chegou, entrou em casa e foi logo catando algumas peças de roupa que eu tinha deixado pelo chão.
— Você tomou banho? — perguntou.
(outro clássico: deito-me sem banho e sou capaz de ficar alguns dias sem pensar nisso.)
— Comeu?
(sem pensar em banho e sem pensar em comida.)

não consigo mentir para Mari e logo estou embaixo do chuveiro com os olhos fechados sentada no chão lavando os pés de modo exagerado e demorado. coloco o rosto no jato. engulo um pouco de água de propósito. uma mania que tinha quando criança e que não tenho mais, mas evoco de vez em quando para sentir o gosto morno da travessura. começo a sentir cheiro de cebola fritando na

manteiga e sei que Mari vai me servir uma omelete com queijo fresco e tomate acompanhada de um macarrão instantâneo com tempero de tomate suave. ela odeia que eu goste tanto desse tempero, dessa comida podre. mais uma prova de amor: ela sabe que sou também curada pelos foguetes de alegria lançados por comidas cancerígenas. ela serve no prato fundo. colocou uma coca-cola também. comprou biscoito recheado. está apelando. ainda bem.
— Come primeiro a omelete — ela diz.
obedeço, com a toalha enrolada na cabeça e uma camisola de algodão com um desenho infantil demais para minha idade.

sinto que estamos brincando de
mamãe e filhinha.

Mari 1 sabe que, no auge da dor, sou criança esquecida de crescer. criança com fome com medo do fósforo, do fogão e da bronca.
obedeço.
agradeço.

só a ela me deixo tão frágil, tão absolutamente vulnerável. a ela e a Cacá, mas ele não percebe, e tenho que explicar. ao explicar, já me curo um pouco, já costuro sozinha o corte e já o odeio um pouco por me deixar carregar sozinha o silêncio. o odeio por ter que dizer, envergonhada, que, por favor, faça um miojo e um ovo.

odeio que ele me obrigue a dizer em voz alta meu desejo. porque desejo não ter que pedir. uma armadilha. Mari e eu somos a única dupla possível.

termino de comer. Mari busca a escova de cabelos e me chama para perto. sento-me no chão entre suas pernas. ela está no sofá e desliza a escova por meus cabelos molhados.
— Sinto muito, meu amor, que você tenha perdido seu bebezinho. Como era o nome dele?
desabo.
recupero as forças e digo com gosto de sal:
— Gabriel.

ela diz que é pra eu chorar bastante. que toda mãe deveria poder chorar seus filhos sem pressa. eu choro em seu colo e começo a me curar. respiro fundo. pego a toalha que tinha deixado no sofá e enfio a cara no molhado com xampu. o cheiro das coisas de água sempre traz de volta minha mãe.

— Não segui as duas coisas que ela me disse, Mari. Minha mãe me disse duas coisas.
Ela me dá um tempo para completar.
— Encontrei duas notinhas bem pequenas no diário dela. Com aquela letra linda. Estava escrito: "Filha, não se case com seu namorado de adolescência. Ele não deixará que cresça" e "Às suas amigas, ofereça seu melhor amor".
percebo que Mari 1 fica incomodada, porque se remexe um pouco no sofá. explico:

— Mari, eu também preciso cuidar de você, entende? Só você cuida de mim. Você veio me chamar para brincar, o tempo estalou os dedos e agora você está aqui, presa a mim. Eu deveria conseguir ser a amiga que você esperava quando perguntou meu nome no parquinho, lembra? Desculpe. Desculpe. Eu deveria conseguir sair com você para aqueles restaurantes bonitinhos que você me mostra ou tomar cerveja numa praia com nossos maridos e falar das coisas da vida, mas eu sei... Eu vejo seu medo. O medo de que alguém fale sobre algo que me quebre. E eu me quebro com tanta coisa. O medo de ter que me consertar...

— Não tenho medo de consertar você, Mari — ela me interrompe. — Tenho medo de não conseguir. Não posso perder você. Você não precisa fazer nada. Basta que exista para que eu te ame.

eu não disse mais uma palavra. não queria estragar o amor perfeito. decidi continuar existindo. beijei seu rosto e vi que ela chorava.

— Meu amor, não chore.

— Meu amor, não desista.

ficamos um tempo abraçadas. eu estava agora sentada no sofá. deitada em seu ombro, disse:

— Cacá não volta, Mari. Desta vez não vou conseguir. Meu namorado de adolescência. Não estamos nos deixando crescer. E agora sou mãe do Gabriel. Tudo mudou. Cacá não volta.

ele tinha levado uma mochila apenas. confiante da volta. nunca dei a ele a certeza de meu amor porque nunca a tive. ou melhor, tive quando pedi para que ele fosse embora sabendo que tinha morrido definitivamente algo em mim. se antes eu lhe pedia para que partisse ou ficasse por falta de forças, agora a força da vida e da morte do nosso filho mostrava com nitidez o caminho: apesar do amor, eu seguiria sozinha.

pelo menos era o que eu achava.

(diário de mamãe)

07/06/1989

Hoje consegui acordar cedo. Meus olhos demoram a se abrir. Sinto coceira no corpo. Sinto entusiasmo pelas manhãs. Gostaria de conseguir acordar cedo. Acordar laranja e violeta, fresca e ao som de pássaros.

A casa está vazia e as crianças na escola. Há vestígios de uma noite comum: caminhas desarrumadas, algumas meias pelo chão e uma térmica com café passado em cima da mesa com a toalha cheia de migalhas. Minha família amanheceu sem mim. Tem sido assim, e agradeço.

Gustavo faz bem o papel de um pai que leva crianças à escola. Fico me perguntando o que conversam no carro e gostaria que ele quisesse saber de Maristela, de suas miudezas de menina. Ele parece não conseguir. Percebo minha filha em busca de ouvidos. Cansa saber que só encontrará os meus e apavora saber que suas palavras precisarão encontrar meus pensamentos e que são eles que guiarão um pouco suas tantas perguntas. Sou a mãe que não se levanta cedo e que gosta de tomar café sozinha. Tenho medo até de pensar nisso e de ser esse um rasgo em meu atestado de amor. Atesto o amor mais real de todos e, mesmo assim, gostaria de viver em paz minha solidão.

Quase não escrevo mais. Meus poemas viraram pano de prato. Deveria acordar muito cedo e escrever sobre o nascer do sol, mas tenho sono. Deveria sair e conhecer a vida para escrever sobre isso, mas tenho filhos.

Estou desabitada de mim. Uma onda de torpor e violência invade qualquer arquitetura de futuro que eu tente esboçar.

Tenho quase trinta anos e ainda não nasci.

Olívia G.

FUI CHAMADA PARA DAR UMA ENTREVISTA

a uma revista superbadalada quando estava para completar trinta anos. as revistas ainda eram badaladas na época, e eu, que além de filha também sou dona da marca Olívia Guerra Mamãe Poeta Ltda. (esse não é o nome, só visto sarcasmos), topei receber a repórter em casa.

interfone. pode subir. olhei-me no espelho. elevador, primeiro andar. ajeitei as almofadas. liguei o abajur. elevador, quarto andar. deixei ligada a máquina do café expresso. botei na mesa as xícaras. elevador, sétimo andar. fechei as cortinas. ufa! quase que me esqueci das cortinas. a varanda de onde pulou mamãe desperta arrepios nos fãs e repórteres (que geralmente são a mesma coisa).
o elevador, por fim, disse:
— Nono andar.
gosto do elevador avisar. uma pré-campainha. um respiro final antes da campainha.

abri a porta. a repórter devia ter minha idade. disse oi e olhou de imediato para a varanda. lembrei-me de fechar as cortinas. sorte. ela deve ter percebido o alívio, pois, assim que voltou a me olhar nos olhos, corou.

— Pode se sentar — eu disse.

— Obrigada — ela disse.

nós nos sentamos. o café.

— Sem açúcar o meu — ela pediu.

— Eu também tomo sem — eu disse.

servi. tomamos meio quietas, meio dizendo amenidades.

— Sua casa é linda.

— Obrigada.

ela se demorou na toalha florida. não resistiu:

— É esta a do poema?

droga. esqueci da toalha florida.

— É. A tal toalha.

— Você não gosta da obra da sua mãe?

fiquei em silêncio. percebi que estava diante do inimigo e ericei os pelos da nuca. vesti a armadura.

— Gosto muito da obra da minha mãe, querida. E você? Gosta da obra da sua?

— Minha mãe não escreve.

— Mas deve produzir alguma coisa, não?

— Sim. Ela trabalha muito. É advogada.

— Então. Gosta da obra dela?

— Nunca pensei sobre isso.
— Deve ser ótimo poder ter uma mãe sem ter que saber se gosta de sua obra.

venci.

terminamos o café.
— Bom, a primeira pergunta que quero fazer é como você se sente prestes a completar a idade que sua mãe tinha quando morreu.

fiquei sentada olhando para ela. atônita. um bicho. um filhote disfarçado de grande. indefesa. buscando na imobilidade alguma saída. como os bichos que se fazem de mortos. quieta.
eu não tinha pensado nisso.

pausa. o mundo que aparece em
alguns segundos de silêncio.

dali em diante não teria mais minha mãe. minha referência. meu futuro. até os trinta, eu a tinha. primeiro mãe, depois amiga mais velha, depois irmã, depois gêmea. agora, uma nova morte: a morte do mapa do futuro. do projeto. idênticas, sempre soube qual seria minha cara de adolescente e adulta. idênticas, agora perdia meu espelho mágico e deveria caminhar sozinha carregando por nós duas o corpo adulto. depois o corpo mais velho. depois o cabelo branco. depois as dores. depois o perto do fim. minha mãe, mais uma vez, havia soltado minha mão. achando que eu era adulta, sem meu mapa estrelado, ficava órfã de futuro. as fotografias tinham cessado. não haveria a nova cara. a nova cara era eu. mas a nova cara real nunca será tão linda quanto a nova cara fantasiada. então se abriu naquele instante mais um portal da dor.

além de não saber como é caminhar tendo a mãe à frente dizendo "venha, por aqui é seguro", ainda ficaria com a sensação de que ela teria escolhido caminhos, talvez não mais seguros, mas certamente mais belos. suportei calada esse pensamento, que veio como um jorro de consciência. uma lâmina. racional e lúcida, senti raiva de minha mãe e do abandono e da repórter e da violência da pergunta e de meu pai, que não havia me preparado para nada disso, e da Mari 1, que seguia tendo sua mãe como confidente, e da varanda e do Cacá. senti raiva de tantas pessoas ao meu redor e de nenhuma nenhuma nenhuma ter se movido um pouco no pensamento para se lembrar de que eu teria mais uma morte para velar. a morte da imagem da minha mãe me dando notícias do futuro. a morte do mapa do futuro.

voltei do lapso. deve ter durado um segundo. ou dois. mas a repórter percebeu, e juro que vi um sorriso. ela sabia que me atingira no mais vital dos órgãos: a ausência.

fim da pausa.

— Sabe que eu nunca tinha pensado nisso, Carla? Interessante você me dizer agora. Me veio uma história da minha mãe à mente. Quando eu era pequena, queria porque queria que ela inventasse histórias, o que, você deve imaginar, Olívia Guerra fazia muito bem. Aliás, você não deve imaginar, pois ela contava histórias muito melhor do que escrevia poesia. Era realmente boa e, talvez, se tivesse tido mais tempo, teria escrito e vendido e dado autógrafos em livrarias e viajado para a Europa, como sempre quis. Dizia que era uma francesa deslocada, Carla, uma francesa nascida errado. Claro que era uma ilusão, eu sei, mas acho importante se ter ilusões, utopias, delírios breves, não acha? Bom, eu acho. Voltando... As histórias da minha mãe eram ótimas.

"A que mais me lembro era a de uma menina que se chamava Esmeralda por causa dos olhos verdes. Verdes como os nossos, mãe?, eu perguntava. Isso, filhota, ela dizia. Que coincidência!, eu dizia de novo, deslumbrada. E mergulhava na história que minha mãe contava. Veja, na

época eu não achava que ela inventava, eu achava que ela sabia. Isso é tão diferente... tão diferente, Carla!
"Esmeralda gostava de colecionar coisas estranhas e cismou de colecionar letras. Andava pela cidade em busca de pedaços de papel que tivessem alguma letrinha. Achava bilhetes inteiros, páginas rasgadas, pedaços de caderno. Minha mãe contava dos detalhes da rua e do dia. Se estava frio ou calor e como a chuva machucava os papéis. Esmeralda resgatava e criava um hospital para as letras no seu quarto. Secando com cuidado, mexendo com pinça para não partir. Cada papelzinho era uma aventura. Mas o melhor ainda estava por vir. Certo dia, olhando para a coleção catalogada em detalhes, dizendo onde cada peça tinha sido encontrada, a que horas etc., Esmeralda viu duas letras idênticas que tinham sido recolhidas em lugares muito distantes um do outro. Os papéis também pareciam idênticos, com o mesmo padrão de rasgado. Definitivamente, era a mesma carta, mas com cada pedacinho em um canto da cidade. Esmeralda saiu em busca dos pedacinhos faltantes, mas nunca encontrou nenhum. Ficou com aqueles dois pedaços, irmãos, duas partes da mesma coisa, mas incompletos. Até que um dia, voltando da escola, encontrou na caixa de correspondências um envelope com seu nome. Dentro, havia um pedacinho da tal carta rasgada... Quer saber como continua a história, Carla?
— Claro.
— Pois eu também adoraria, mas minha mãe morreu. E sabe o que eu descobri? Que ela inventava as histórias.

E sabe como eu descobri? Depois que ela morreu, saí perguntando para todos os adultos qual era o final da história da Esmeralda, mas ninguém sabia me dizer. Ninguém.

"A história só existia com ela. E foi mais uma morte para eu lidar.

"Minha mãe, assim como tantas mães, imagino, era ótima em fingir saber o que inventava na hora. Será que é isso a maternidade? Inventar que sabe o que não sabe? Fingir tão bem que se aprende na marra? Ensinar para aprender? Não sei... Não sou mãe, Carla. Não posso dizer.

"Não sei a história que vou contar a partir de agora. Minha protagonista, minha Esmeralda, ficou presa no tempo, e eu tenho que abandoná-la, me afastar da mãe e cuidar da memória. Agora eu cuido dela alimentando seu retrato. Minha Esmeralda, que catava letrinhas pela cidade, agora é uma santa sempre jovem que vai me ver ganhar as rugas e a velhice, inclinada no seu altar. Eu vou inventar a história enquanto a conto, assim como fazem as mães. Vou inventar e fingir que sei para onde estou indo. Vou fingir que sei para saber um pouco. Vou torcer para dar certo e eu não saltar daquela varanda em busca de um final coerente.

"Isso seria péssimo, não seria, Carla? Você dar esse furo de reportagem e ser a testemunha da filha da Olívia Guerra saltando da mesma varanda da poeta prestes a completar a idade que a mãe tinha quando morreu? Aí você teria que completar a história. Inventar no meu lugar. Mas, ao contrário da minha mãe, eu não sou tão livre assim. Sou apegada à minha história e me recuso a ser narrada por outras pessoas. Por você.

"A resposta, portanto, Carla, é que eu me sinto um lixo com essa sua pergunta, mas ainda prefiro contar minha história. E a da minha mãe também. Sigo em busca dos papéis com as letras e agora mesmo, já que a história é minha, invento que encontrei mais um. Estou catando os pedaços da carta que minha mãe escrevia para mim, contando histórias e passando a mão devagar no meu cabelo. Preciso me concentrar muito para lembrar das suas mãos e não confundir com as minhas. Ainda mais agora que seguiremos caminhos diferentes.

"Ainda mais agora que eu continuo e ela fica.

"Preciso me concentrar, Carla, e preciso que, por favor, você me deixe sozinha agora."

Perfil – Celebridades
Apesar do passado cativante, filha de Olívia Guerra distribui arrogância e antipatia ao falar da mãe. "Ela contava histórias melhor do que escrevia poesia", afirma.

NÃO PRECISO E NÃO QUERO PERDOAR MEU IRMÃO.

nem entender seus motivos ou analisar com empatia suas dores e traumas.
não tenho espaço em mim para isso e permito-me, sem culpa, ocupar-me da tarefa de sobreviver.
na casa da minha avó, em meio a barulhinhos de colheres e xícaras à mesa, ouço o carro.
— Meu irmão?
— Deve ser.
ele entra.
a porta bate.
o som da chave na mesinha.
um suspiro. ai, ai.
e mãe. MÃE!
minha avó calada à mesa. me olha evitando responder. era ela quem ele chamava.
mãe.

ele caminha no corredor, guiado pelo cheiro ou pelo silêncio. a ausência deixa rastro. a ausência da resposta deixa o ruído. por esse som somos guiados em direção à surpresa. percebo que ele acelera, temendo talvez a surpresa da avó caída, morta, desmaiada, em apuros, chorando. algo assim, mas

a surpresa sou eu.

ele estanca na porta da cozinha. perde um pouco da cor. há anos não nos encontramos. não tenho seu telefone. está vestindo uma camisa azul-marinho. sua nas axilas. está com o rosto inchado. não tem mais o menino nos olhos. trava a boca e não diz

oi.

mas eu digo. assustada e decidida. levanto-me e vou em sua direção. busco um abraço. não sei por quê. busco um abraço e entrelaço meus braços em seu corpo. sinto suas costas quentes. ele move um pouco o braço direito e dá tapinhas em minhas costas. três. sinto o vexame do abraço não correspondido. sinto o rubor do eu te amo morto no silêncio do ouvinte. sinto os olhos em busca do chão. minha avó se apressa em perguntar, já levantando-se:
— Quer café, querido?
ele nega. abre a geladeira e tira uma lata de cerveja. senta-se com a gente. no silêncio, o desespero. minha avó puxa o assunto mais trivial de todos.

— O calor! Como está calor!
— Pra caralho — diz meu irmão, alisando a toalha na mesa e dando goles generosos na cerveja.
— Eu preciso ir — digo, levantando-me um pouco.
— Nada disso, querida. Agora que seu irmão chegou?

sento-me.

fico odiando minha avó por não me permitir partir. por não perceber o constrangimento que nos causa. por não aceitar a falência da nossa irmandade. por fazer desse luto algo pessoal. como se não fôssemos nós, eu e ele, a lidar com a morte um do outro. com a presença dolorosamente familiar e estranha. olho para meu irmão e sinto tudo o que não fomos com a mesma intensidade que sentia quando éramos crianças. estou à espera do meu irmão mais velho para me ensinar a desenhar o cachorrinho com a língua para fora que ele fazia direitinho.
ter um irmão como o meu é como ter uma casa de praia na beira do mar, mas não encontrar o endereço nem a chave nem o segredo que abre o cofre e desvenda a rede na varanda. os irmãos deveriam se amar e se ajudar. os irmãos deveriam. eu acho. não sei. comigo nunca funcionou. no entanto, ainda sinto a obrigação desse amor. ou pelo menos da encenação do amor. da paz. da conversa. do carinho. ver meu irmão me faz mal porque é como se houvesse um cadáver de passado e futuro na sala. um velório de nossa infância e do nosso resto de vida juntos.

— Você está a cara da sua mãe.
— Da *nossa* mãe.
ele solta uma risada misturada com um grunhido, termina num gole largo a latinha e se levanta para buscar mais uma.
— Linda como Olívia, não é? — diz minha avó,
como uma mestre de cerimônias que tropeça na
entrada do palco.

agora o ódio está se diluindo. o solvente é a pena. a piedade, não o amor. eu opero assim: sou mais banhada pela culpa do que pelo amor. é a culpa, a piedade, a dor de causar dor a alguém que nutre meu corpo e meus gestos. sorrio, movida por esse mar. de tanto fingir, começo a sentir ternura por ela.

— Saiu no jornal. Como era mesmo? Eu vi. "Minha mãe contava histórias melhor do que escrevia poesia" — ele diz e ri.
sinto ali o único portal que poderia se abrir entre nós: não gostar de mamãe. não perdoar seu abandono. não afrouxar a corda. desmatar mamãe para torturá-la.

decido manter fechado o portal.
entre minha mãe e meu irmão, escolhi ela. e escolho sempre. o amor que sinto por minha mãe e minha presença de mulher no mundo fazem com que me esforce em acrobacias afetivas para entender e aceitar quem ela pôde ser. o que não quer dizer que não doa. porque dói.

muito. e talvez seja essa a dor insuportável para ele. odiar minha mãe ameniza a saudade, acho. deve ser. nunca perguntei e não pretendo. ele que cuide de si.

— Não achei graça na manchete — respondo.

minha avó se mexe na cadeira. o desconforto dela é evidente. minha avó poderia viver em paz com mentiras e figurinos e cenários e roteiros. eu nunca suportei isso nela. entre a mentira e o confronto, ela sempre escolheria a mentira. a verdade se impôs a mim, mesmo sem que eu a tivesse escolhido. a verdade se impôs, e eu fui obrigada a fazer um pacto com ela. por isso sou chamada de cruel.

continuo.
— Falei muitas outras coisas. Falei da história da Esmeralda, lembra? Falei da dor de ter a idade que ela tinha quando... Falei de tantas coisas. Foi leviano e baixo o que a jornalista fez comigo. Pensei que você entenderia. Você sabe bem o que dizem dela desde que...
— Morreu. Você não completa as frases. Morreu. Está morta — arremata ele.

minha avó, num berro:

— CHEGA! Chega, vocês dois! Chega!

a figura magra de uma velha de quase oitenta anos se ergue entre nós como um muro. entre lágrimas descontroladas, ela pede para que a gente pare. não sinto pena. volto com o ódio. seu ideal de família não pode ser ferido. seu café não pode ser lesado. odeio essa mulher que não nos deixava ventilar as feridas. que cobre o corte antes do corte. que quer estancar hemorragias com band-aid. que não suporta o amargor do remédio. odeio minha avó também porque a vi como mãe de minha mãe. controladora, manipuladora e carinhosa. uma combinação

fatal.

atônita, enxergo o menino nos olhos do meu irmão. ele me olha bem fundo. está preso em muitos vazios. dele, sinto pena, pois sei que temos a mesma sede e sei que encontramos sempre uma dose de veneno em nossas águas. dele, sinto pena. de nós e do que não fomos.

digo a ele:

— Sinto saudades dela. Você não?
com os olhos marejados, os dele e os meus, moramos um pouco ali. éramos filhos dela. sabíamos.
observo-o secar os olhos. vi morrer de sede o menino. vi a boca ganhar contornos de quebrar dentes. vi a saliva pouca. vi meu irmão definhar no homem e dizer:
— Não estou de luto, Maristela. Minha mãe ainda está viva. Está viva e está aqui.
ouço o silêncio de minha avó.
— Pode ir embora, por favor? — diz meu irmão.

o silêncio ainda mais alto.
a morte não se cansa de me fazer visitas.

aniversário

assopra as velas, pequena.
as velas precisam de vento.
ventaneia e parte, como se não tivesse sido meu ar seu pulmão,
sua sanfona, seu som abafado ao nascer chorando.

de mim, o ar que pegou,
que gastei fazendo seu corpo,
que gastei enchendo os balões,
que gastei soprando bolhas de sabão na festa do fundo do mar.

qual ar para mim, pequena?
que assopro tantas velas a mais, tanto sopro a mais,
sem som nem sanfona,
sem vento nem mar,
sem fundo nem bolha.

a ventania levou um ar todo quente para você.
a brisa que me restou não navega nem os barquinhos de papel
no balde verde onde lhe banho.
sobrou uma brisa serena de cantar passarinhos,
de me colocar em espera.
náufraga em ilhas de algo que eu deveria chamar de amor.

Olívia Guerra

PAPEL CELOFANE FURTA-COR.

papel crepom verde-água, azul-claro e azul-escuro nas bordas da mesa redonda. tenho a foto desse dia. bexigas brancas e prateadas. uma sereia na parede. conchas de isopor e docinhos cor-de-rosa. no centro, eu batendo palminhas. tinha dois anos e sorria dentes de leite. ao lado, meu pai e um beijo na bochecha. estou no colo de minha mãe, que sorri muito, olhando para a foto. a única que olha para a foto. meu irmão está do outro lado da minha mãe e olha para ela. essa foi a festa do fundo do mar. fazia calor, e eu vestia um top que a gente chamava de bustiê. lantejoulas brancas bordadas por minha avó. a saia de tule rosa e violeta. um ser meio do fundo do mar, meio coral, meio sereia sem cauda, meio carnaval no salão do clube.

[prezado editor, por me fazer ler esse poema, por me fazer colocar ao lado dessa foto esse poema, merecia que eu lhe proibisse a publicação deste livro. por me fazer saber o que minha mãe estava pensando quando estava comigo nessa foto, por me tirar o fingimento, a ilusão, a fantasia e o tule cor-de-rosa da infância, merecia que lhe enviasse um advogado de terno preto dizendo que a filha da autora, detentora dos direitos, havia proibido esta e qualquer publicação. que cortem as cabeças! seria minha festa de rainha de copas. assopraria velas de coração e comeria um bolo com vinho branco. sozinha. perderia todo o dinheiro. moraria num quarto na casa de minha avó, mas cortaria a cabeça do monstro, da fera, da palavra lâmina que faz de nós dois pessoas ricas, mas sem que você tenha que servir a senhora sua mãe em sacrifício. sem que tenha que tirá-la do altar e deixá-la ali no chão, quebrada. sem que você tenha que servir a si mesmo em sacrifício. entendo todos os movimentos feministas que dizem para que paremos de romantizar a maternidade. entendo e concordo (mentira. acho um saco), mas façam isso com a mãe de vocês! muito fácil dissecar a mãe dos outros em contundências e realidades sobre a exaustão e a solidão enquanto, com as suas, fazem declarações lindas e fotos lindas e as mães de vocês respondem com um eu te amo e um coração vermelho, outro branco e outros dois rosinhas ligados por uma cauda de cometa eterna. minha foto do amor veio com esse poema na legenda. alguém se sentiria feliz se fosse essa a resposta de sua mãe quando lhe mostrasse com ternura o sorriso com dentes de leite? quando quisesse que ela sentisse saudade de suas dobrinhas e de seus pés e de suas mãozinhas e, em vez disso, ela contasse do quanto você a matou por dentro e secou seus sonhos e esvaziou seus pulmões? e se, depois de tudo isso, sua mãe tivesse saltado na sua frente, prezado editor, continuaria considerando esse poema uma obra de arte que destila sem medo os controversos sentimentos da maternidade? ou sentiria que engoliu sem querer um caco de vidro que entalou entre a garganta e o peito?]

queria minha mãe fingindo. é pedir muito?

O TEMPO PARA PENSAR. A VOLÚPIA. A COMPETIÇÃO.

assim que entramos na faculdade, Cacá e eu ficamos
dois anos separados. o desejo de completar o álbum de
figurinhas das fodas e dos beijos e das aventuras.
fiquei com nove caras e três mulheres. Cacá, depois me
disse, namorou duas mulheres.
ganhei.
fiquei feliz com a vitória.
sorri por dentro.
ganhei.

os homens eu só encontrava à noite, depois do pôr do sol.
para que não vissem que meu rosto tinha poros. gostava
de parecer perfeita e de plástico.
as mulheres, não.
com as mulheres eu gostava de sair para comer coxinha de
jaca na feirinha e beijar no carro,

pedir venha, descer e gozar de oito a quinze vezes na tarde com janelas abertas. e luz. e língua. e gozar de oito a quinze vezes.

com os homens, fingi ser a moça do filme, e ser a moça do filme era bom para mim. uma espécie de abandono da correção, dos valores e da necessidade de ter que. minha pequena revolta era abandonar minha virtude politizada por alguns instantes e contorcer a cara em gemidos altos e assustadores. o amor nunca foi para mim um afrodisíaco. gostava de ser um corpo a serviço. ainda gosto.

Cacá, quando voltamos, tinha ciúmes de pessoas das quais eu nem lembrava o nome. ou nunca soube.
com Cacá, era bonito de ver. nossa dança, nosso sexo e nossas mãos depois tocando leve pétala cada cantinho deixado de fora do lençol. era bonito de ver, e eu via.
via de fora.
ausência.
a remota possibilidade de amar profundamente fechava meu peito e minha vagina. não queria amar. embora amasse Cacá. então não queria trepar com ele.
embora porque o amasse.
a ideia do amor sem a falta nunca existiu para mim.

ele não entendia
e não deveria entender.

EU TINHA ESTANTES NA CASA E
ELAS ESTAVAM TODAS VAZIAS.

gostava de ter um lugar largo para as coisas do dia a dia pousarem organizadas sem que eu tivesse que me preocupar com espacinhos. chave e garrafa d'água e a nota fiscal e o remédio de uso diário. a bolsa do dia. espaço. vazio. espaço. espaço. o pano deslizando sem obstáculos. e um lugar pronto para ser abandonado às pressas. minha casa. meu abrigo, meu bunker, meu lugar provisório para sempre até acabar a guerra. Guerra.

Cacá vivia em minha casa e um dia teve uma ideia.
— E se eu viesse morar aqui?
eu disse um "pode ser" tímido, o que bastou, porque ele foi. casaram-se, disseram nossos amigos. estremeci. não me dei por mim. não soube. e não soube sair. Cacá um dia se ajoelhou e me pediu em casamento, e eu comecei a chorar tanto que ele desistiu e me pôs no colo dizendo:

— Não precisa, não precisa, não precisa. Tudo bem. Eu te amo. Está tudo bem. Não precisa.

Cacá trouxe um vasinho de antúrio e uma violeta. trouxe um porta-retratos, e nos envidraçou. trouxe um vaso amarelo de cerâmica da lojinha da esquina. trouxe um cheiro de lavanda e capas para as almofadas. trouxe um tapete macio e limpo. trouxe um por um os pratos e os pires combinando com as taças. trouxe seus chinelos e suas meias e deitou tudo isso comigo na cama com fronhas boas e lilás.
se eu demorasse meu amor nele, seria fatal. não poderia viver sem ele e não posso viver com alguém que eu não posso viver sem.
por isso amei o quanto pude, e posso pouco quando é para amar. amei pouco, mas era tudo tudo tudo tudo o que tinha. amar Cacá pouco era uma prova de amor.
tive que amar a conta-gotas para não precisar parar de amar. como um cantil quase seco. uma travessia. deserto. e um corpo riscado em cicatrizes de microcortes feitos escondida no banheiro.

Cacá ficou comigo durante todo o colegial e mais cinco anos depois de nosso tempo de fazer tudo o que deveríamos antes de não ter mais tempo. foi com ele que soube que eu nunca seria apta ao amor. foram oito anos com Cacá, devoto e obstinado, saído da página colírio de uma revista teen e garoto perfeito com hálito de menta.

e eu,
destruída como se
fosse eu
o corpo sempre em queda.

quando liguei para ele, disse com a maior sinceridade do mundo que o amava. ele disse que me amava também.
e que eu podia dizer venha e ele viria. sei que ele está casado e tem ao lado uma mulher que celebra seus cheiros e gostos. mesmo assim, ele se coloca à disposição. eu o recuso todas as vezes.
ele,
destruído como se
fosse ele
o chão sempre à espera.

não me iludo. sei que Cacá se apaixonou por mim porque eu sempre era meio triste e fugia com os olhos. como uma figurinha dourada que escapa dos mais obstinados colecionadores. uma figurinha que se acha só uma e mesmo assim, quando se acha, encantada, esconde-se nos cantos da casa. Cacá, se eu fosse sua, você sabe bem que jamais sentiria por mim tanto desejo.
adolescente, fui crescendo bonita devagar. não fui uma explosão de beleza. fui ficando bonita, mostrando a pele aos poucos, gostando dos olhos aos poucos, escorregando aos poucos o decote e mostrando aos poucos a boca.

17/10/1987

Filha,

Hoje encostei na porta da morte. A vizinha está reformando o apartamento, e decidi beber num gole só um copo americano de conhaque. Permiti-me. Depois fui fazer arroz bem branquinho e soltinho como você gosta e deixei de molho o feijão para amanhã. Que bom que você existe simples e amorosa e nutritivamente como desde sempre come-se e lambuza-se de cotidiano uma mãe assim como eu. Uma mãe triste.

De uns tempos para cá tenho buscado uma casinha mais arejada para morar. Tenho buscado outras estampas para as toalhas e outros tecidos para os lençóis. Amor, se você soubesse... a tristeza é um monstro bem gosmento apaixonado por buraquinhos. Gosta de entrar e de se sentar dentro da gente. Fica pequeninho para a gente nem desconfiar do quanto é horrível. Fica pequeno para passar pelo buraco da agulha que a gente tem de monte na pele. O monstro se aloja e diz que vai embora só se a gente morar no lugar certo, na hora certa e no dinheiro certo. E a gente vai correndo em busca das coisas certas e percebendo e desconfiando e teimando. Nada está certo, a não ser eu e você, que somos feitas para um amor bonitinho sem culpa e cheio de risada.

Hoje, quando bebi o conhaque, abri com tudo os buracos da agulha, e o monstro não precisou se disfarçar de nada. Estava como um rei, esparramado em meu peito com um cetro espetado na artéria que leva o sangue ou deveria.

O monstro está imenso, e eu sou pequena, mesmo que disfarce sendo sua mãe.

Agora vou ferver água para jogar no monstro, porque ele precisa estar morto até as 17:30, que é quando eu busco você na escolinha. Você merece um amor bem caprichado. Vou pentear os cabelos do amor antes de você me ver assim. Vou lavar os pés do amor e entregar a você uma mamãe cheia de lavanda. Prometo.

Esta cartinha é para você, mas é para um você inventada toda. Escrevi para mim, num desejo bem bobinho de ser mais gente de novo.

Sua sempre, amor.
Olívia G. (mamãe)

vocês devem gostar de textos inéditos de minha mãe. dessa "máquina de crueza", como disse um dos apaixonados que, claro, apareceram depois que ela morreu. o fetiche por mulheres mortas. por mulheres que não estão. enfim...

minha mãe escreveu essa carta para mim.
e quando a achei, já sendo filha de Olívia Guerra, não pensei na máquina de crueza, nem no coração servido na bandeja, nem nas palavras todas fazendo cócegas na gramática ou na melodia ou sei lá. li e recebi um recado codificado de que eu tinha cinco anos, mas deveria estar em casa o tempo todo fazendo mamãe feliz.

a literatura de uma mãe que salta da janela é carne: um cadáver que se vende embalado.

acordei pensando em você.
ainda estava molhada
quando recebi seu recado
dizendo que não vinha.

foi num papel assim, de canto
da sala, que descobri que minha
mãe era mulher. vasculhando
as gavetas, anos depois do salto,
muitos anos depois do salto.
ela continuava:

agora só falo com você inventada. só me invento para dizer das coisas e vou sair fingida de algo que não sou. pois quando fui, inteira e disforme, você parou de vir. e eu preciso que continue vindo, pois estou exausta dos abandonos. agora invento que não me importo, invento que estou morta, invento que estou feliz. ou qualquer coisa que me desgrude daqui. invento que não sou mãe e que não queria cumprir as promessas da língua. prometo fingir que não quero percorrer seu corpo e prometo fingir não saber que você querer tinha uma importância para mim de quem não tem nem teve pai. prometo dizer amenidades e jogar meu cabelo para o lado direito. vou rir baixo e me comportar, prometo.

foi num papel assim que
descobri que minha mãe andava
apaixonada por alguém que não
era meu pai. e foi nessa gaveta
que outros e outros papéis
apareceram. todos tristes. todos
ancorados numa mistura de
sexo e solidão. essa mistura tão
saborosa para vocês que a leem
como uma carniça.
ela continuava:

quando saí de nosso quarto, soube que não era seu sexo o meu preferido. soube que seu beijo tinha sido mediano. soube que suas mãos percorriam de modo desajeitado meu corpo. soube bem no fundo de seus olhos que estaria disposta, mais uma vez, ao abandono do desejo para pertencer à sua mente, à sua fantasia. eu me despia lentamente, oferecendo o que você certamente não merecia. pedindo colo e aconchego em seus planos e em sua casa, pedindo torrada com manteiga e café e oferecendo em sacrifício meu não. decapitando meu não. na mesa, no chão, como bicho esviscerado, revirado o não em sim, o avesso. eu oferecia em sacrifício o outro que beijaria melhor, teria melhor gosto e saberia melhor de meus buracos para que você pudesse me querer enlouquecidamente. morro anulada em seu querer, chamo isso de fetiche nos bons dias, nos outros chamo de amor. nos de lucidez, chamo de delírio e solidão. mesmo assim, foi hoje, quando disse que não vinha, que experimentei o desejo de ajoelhar e pedir para que não me abandonasse. mesmo que nunca tenha estado. você não sabe nada de meu desejo, pois se soubesse, saberia que já imaginei você aqui nos detalhes e pelos e engasgos. e se despediria de mim com mais dignidade. com a decência de um abraço.

chorei minha mãe morta
morrendo aos poucos desde
sempre. chorei por ser eu, a
próxima geração, herdeira da
mesma dor.

(diário de mamãe)

15/04/1989

Nunca usei drogas nem me apaixonei porque sei que seria fatal para mim. Amar eu consigo. Desde que não me tire o chão. Tenho sentido o vazio na boca. Gostaria de me apaixonar e não ter medo. De entender o que cantam as canções ou por que as cantoras abrem os braços e inundam os olhos. Tenho sentido vontade de ter alguém que seja imprescindível. Alguém que tenha um cheiro irresistível.

Talvez as cantoras sejam mentirosas, como eu. Fingidoras do corpo pleno. E estejam, como eu, carregando um espelho pesado, distorcido e cruel de si. Cantar a paixão ou cantar a impossibilidade da paixão: qual movimenta mais o ventre?

Eu estou sendo adolescente. Pessoas apaixonadas não escrevem, estão doentes, precisam de seus antídotos e se ocupam disso. Tudo o que me desperta paixão deve ter sido feito por pessoas que não sabem o que é isso, mas imaginam. A imagem mais desoladora sobre a guerra jamais poderá ser feita por quem se ocupa em lutá-la. Ainda assim, estará ali toda a dor. Como se fosse. Percorro o corpo imaginando. Diante da carne, estagno. Imaginar é meu sacerdócio, meu vício, meu descontrole. Odeio ser poeta e abdicar de meu corpo.

Preciso fazer arroz agora.

Olívia G.

MÃE, SINTO MUITO QUE NÃO TENHA CUMPRIDO SUA PROFECIA LÍQUIDA

dos desejos. sinto pela secura que invadiu seu corpo e confundiu rios com margens. e sinto que não tenha tido tempo de ouvir aqui o que lhe digo agora: você era apaixonada pela falta. e saltou em sua direção. fico com pena de você no espanto do chão duro. o oposto da falta. o excesso.

em algum lugar, seu homem, o das cartas, veio. e, aos poucos, ele foi virando o papai. aos poucos, ele foi faltando menos. sumindo menos. estando sempre. e você teve que costurar o bicho do sacrifício. não sei se sabe que costurar-se dá mais trabalho do que rasgar-se. e dói um bocado também. eu sei, pois meu rasgar-se foi você. e minha costura tem sido sua falta. inevitável e infinita. eu, que, diferentemente de seu desejo não domesticado, não posso buscar outra mãe. será que você buscava uma mãe? que bom que nunca pensei nisso antes, pois teria tentado ser

essa mãe e teria sido mais profundo ainda o corte. bom, o que quero dizer é que aquele ou aqueles homens da carta teriam virado aos poucos o papai e, assim que deixassem de partir, você remendaria o seu não e ofereceria, no café, no almoço e na janta, o seu não mal-acabado, confuso e cheio de frestas. não adiantaria o outro, nem o outro, nem o outro, nem qualquer um que deixasse de partir. seu amor é pela partida quase, pois seu desejo é demorar a partida de alguém. seu desejo é se virar do avesso em vísceras de sim para controlar o não de alguém. você quer (e ainda faz isso comigo) dominar o não de alguém. e se serve em sacrifício. e está ainda servida. sua partida, seu retorno impossível, faz de você irresistível.
você venceu, mas de que adianta?

QUANDO ME SEPAREI DE CACÁ
TOMEI REMÉDIOS.

no primeiro dia, o antidepressivo fez cobre minha boca e deixou a cabeça impossível de carregar. aproveitei a oportunidade e chamei por e-mail um, dois, três homens que em algum momento desejei e não pude atender ao desejo. copiei e colei o mesmo e-mail patético:

Oi, Maristela aqui. Lembra de mim? Então, não sei se é coisa da minha cabeça, mas acho que tem alguma coisa mal resolvida entre nós e, bom, estou me separando...

reticências.
terminavam assim os e-mails.
torci para que ninguém respondesse. um respondeu.

Oi. Me liga.

liguei.

não quero dizer o nome dele.
quero dizer que Cacá nunca
desistiu de mim, e esse foi seu
maior erro. o outro nunca me
quis, e é isso. para quem viu a
mãe voar, o abandono é uma
forma de vínculo. o abandono
sem morte, sem corpo esticado no
chão. o abandono possível. perto.
eu me apaixono por tudo o que
me abandona. o outro não sabia
disso. não teria como saber do
estrago feito pelo voo.

o outro veio num dia e me buscou em casa.
eu estava cheirando bem. um perfume novo e meia
garrafa de vinho para dar coragem. a virilha assada
da depilação profunda. molhada. ele sabia pouco sobre
mim, e isso era irresistível.

rapidamente, porém, meus
pensamentos se descontrolaram.
o voo de minha mãe. o espanto
da criança. lembrei de vir como
um pequeno susto a frase: então
acabou, mamãe.

o vinho estava segurando a onda. ele colocou uma música,
e eu comecei a cantar. *Transa,* Caetano. o strip mais cult

da mpb. comecei a passar a mão em seu pescoço e o senti fugir um pouco. fingi que não. no celular, Cacá tremia. eu vibrava a recusa. o celular eu nunca pus no silencioso. precisava do Cacá para viver o outro, precisava do outro para amar Cacá.

no apartamento, uma decoração pretensiosa imitando loja de decoração. a sala arrumada. pedi água. o copo de requeijão com um gostinho de ovo. sempre fui boa com os sinais, mas não daquela vez. estava tudo ali. a decoração industrial, o sofá cinza, a luz amarela, a lâmpada filamento e o copo de requeijão com gosto de ovo. o cenário de quem come sem cuidado. o cenário de quem é bonito demais para se preocupar com qualquer coisa, mas mesmo assim, vaidoso, quer parecer bom demais para ser verdade. o outro me serviu a água. engoli num gole. arrependida, percebi o efeito do vinho começar a ir embora. uma leve dor de cabeça. ele ofereceu:
— Vamos tomar um vinho.
aceitei prontamente. sentada no sofá cinza senti a dobra do joelho suar, o bigode suar, as axilas. um suor frio de quem está prestes a desmaiar. Cacá vibrou. voltei.
— Sua casa é linda — eu disse.
— Obrigado — ele respondeu.

beijo de repente.
eu quem fui.
beijo longo e bom.

língua longa e boa.
não senti seu pau duro.
parei.

tomando o vinho devagar, falamos sobre tudo.
ele me mostrou fotos de uma viagem que tinha acabado de fazer.
eu estava odiando ver.
sorria como uma modelo ruim de profissão.
senti os dentes grandes demais para o sorriso.
fechei a boca.
percebi que estava controlando cada gesto.
bebi mais um gole.

— Você fuma? — ele perguntou
— De vez em quando — eu disse.
na varanda acendemos um marlboro light e dividimos.
— Eu preciso confessar que estou supernervosa. Faz anos que não transo com outra pessoa. Estou achando meu corpo uma grande merda e nem sei se consigo fazer alguém gozar.
soltei a fumaça olhando para a noite. os prédios na frente. um ventinho. minha mãe. duas suculentas na varanda apertada. um banquinho de madeira sem impermeabilizante. um cinzeiro com quatro cigarros (dois mentolados que devem ter sido fumados por outra mulher).
virei e me apoiei na grade. pensado. quis me colocar à disposição. ele veio. por trás. abraçou. seu pau duro. exalei a fumaça do marlboro com um sorriso. ele beijou meu pescoço sem língua. como eu gosto. tirou o cigarro da minha boca e apagou ao lado do mentolado. eu era a de hoje. transamos na varanda uma transa de cinco minutos e gemidos falsos.

you don't know me.

MÃE, VOCÊ SEGUE NO CENTRO DAS COISAS E DE NÓS.

mais do que quando vivia, agora lua, exerce seu poder e seu fascínio misterioso em mim, que a amo sem me lembrar direito de seu rosto; em meu pai, que precisou ser outro para suportar sua ausência; em minha avó, que envelheceu erguendo altares e esperando você entrar de novo pela porta; em meu irmão, que é guiado por um avesso de amor que parece ódio, mas é um amor malvestido; e em seus leitores que, atrasados, enfileiram--se em busca do que nunca terão. estamos carentes de seus olhos e do que somos ou éramos quando nos olhava. estamos regidos por você, lua cintilante e afiada, refletida no mar, fingindo realidade, mas impossível, longe e linda.

senti o seu chamado esses dias. um vento em noite de lua cheia. uma brisa breve de ar que daria voz para apenas uma palavra: vem.

se eu tivesse pulado logo depois, teríamos pegado o mesmo voo? se eu pular agora, quem me acompanhará? tive medo do salto e da solidão da queda.

hoje vieram reinstalar a rede de proteção na varanda. senti que sou um fracasso. não salto nem abandono o medo de saltar. precisei de uma gaiola. quando eles estavam indo embora, lembrei-me da tesoura e de você cortando minuciosamente a tela. pedi para que voltassem e colocassem mais uma. sim, mãe, sua varanda agora é minha, e eu, passarinha, aprendi que mesmo não tendo asas não me falta o desejo de voar. fracassei no salto e no não salto.

tomando café, ouvi muito de pertinho um pio. você não acredita: tem um ninho sendo feito na tela de proteção! a mãe começou a construção. teremos vida nova de seres voadores. teremos asas e nascimento para olhar. nosso contrário. nosso espelho. mãe, é possível ver brotar as flores corajosas de sementes covardes.

TENHO MUITO TEMPO E POUCA CORAGEM.

combinação terrível. minha pouca coragem vem do voo de minha mãe. meu muito tempo também.

minha mãe deixou para mim, só para mim, todos os direitos de sua obra. escrito num papelzinho improvisado sem valor real, mas que bastou para que meu irmão não quisesse saber das "porcarias que a mamãe escrevia" e para que meu pai, talvez por não prever a quantia de dinheiro que viria das palavras dela, deixasse para mim seus escritos, os direitos sobre a obra de Olívia Guerra, que só valem alguma coisa porque ela está morta. não era questão de tempo. não suportariam minha mãe viva. envelhecendo. ela tinha dúvidas sobre tudo, meu pai contou. tinha muito medo de não ser gostada. uma mulher assim, normal, cotidiana como arroz branco, jamais faria sucesso. a carne vende. há quem saiba expor a carne em vida. há quem tenha que sacrificar-se. minha mãe não deve ter pensado nisso, mas seu salto me colocou funcionária de sua empresa mórbida. vejo seu nome todos os dias nos papéis. assino meu nome em seus contratos e recebo, cotidianamente, mensagens de pessoas que se lembram dela. eu poderia ficar feliz em receber essas mensagens, mas não fico. sinto-me incompetente em lembrar menos dela do que um vizinho qualquer que se gaba da fama póstuma da mulher do apartamento ao lado. sinto-me incompetente em lembrar pouco dela mesmo vendo seu nome escrito todos os dias em meu e-mail. do site que criei para ela, a fim de organizar seus produtos e divulgar suas fotos, facilitando meu trabalho e cultivando mamãe na nuvem. oliviaguerra.com, é por onde chegam as pessoas que querem falar comigo. a filha de Olívia. a menina que estava lá. sinto não ter nome. sou a filha. só.

Antes de mais nada, sinto muito por sua perda.
Nem imagino como foi para você.
Sua mãe te amava muito.

começam assim e terminam pedindo uma redução de orçamento. é a curva perfeita: sentir muito, blá-blá-blá, falar de grana. são assim meus e-mails e minha vida. vida e obra de mamãe. eu.

desisti de fazer qualquer outra coisa. infelizmente, tenho muita vontade de escrever e devo ter puxado o idioma que minha mãe inventava com as palavras. teria sido uma boa escritora se tivesse a pele disposta às lâminas.

minha mãe não queria ser desamada. eu não suporto ser amada. mas todos me amam. não a mim, certamente, mas a mim rastro da poeta suicida. já me amam e já amam o livro que não escrevi. já lotam auditórios para ouvir a voz incrivelmente parecida com a dela. já compram os livros para clubes de leitura. sou um best-seller e nem digitei ao menos uma letra. não. ser amada é uma prisão. eu quero ser respeitada e, para ser respeitada, preciso antes ser, e ser é um privilégio que a filha de Olívia Guerra jamais terá.

certa vez comecei um negócio com suculentas. terrários. eram bonitos e de bom gosto. fáceis de cuidar. por alguma sorte, me dei bem com a empresa. além de responder aos e-mails falando sobre ela, minha varanda recebia meus pés descalços, meu café, meu cigarro e minha paciência. cuidava dos terrários dando chão bonito às plantinhas. chão bonito. da varanda do salto. de alguma forma, estava me curando um pouco. acho que as metáforas que viram coisas concretas são uns remédios bons de absorção pela pele.

Filha de Olívia Guerra se reinventa: a poesia nas plantas

assim era a manchete. uma propaganda espontânea. um grande veículo de comunicação. um pesadelo. chegaram os fãs de mamãe encomendando as plantinhas. na primeira entrega que fiz depois da nota, dei de cara com um homem vestindo a cara de minha mãe deformada por

sua barriga inchada. na segunda vez, uma mulher chorou e pediu para eu assinar o poema em que Olívia Guerra falava de mim. na terceira, não fui. enviei por uma moça que contratei para as entregas. ela voltava com papéis, chocolates, cartas e poesias escritas com a melhor das intenções, mas a pior das qualidades. sentia preguiça e comoção. cansei.
de novo sem chão, matei as suculentas que ainda restaram encharcando seus vasinhos tristes. chorei essa morte cheia de água.

voltei ao site.
oliviaguerra.com estava finalmente atualizado.

sei de cor mil histórias de minha
mãe que não sei se são minhas,
inventadas ou sonhadas. tenho
tudo em mim, mas não sei contar.
tenho em mim minha mãe num
canto do cérebro que a gente
não usa. minha mãe tem lógica
de sonho. minha mãe é onírica.
minha mãe mora em minha
pálpebra. não! entre a pálpebra e
o olho. minha mãe foge de mim.
fumaça e cheiro. minha mãe é
uma saudade encravada. minha
mãe é um quase espirro. minha
mãe não cabe em minha boca,

mas não sai da garganta. minha
mãe é essa palavra que vai aos
poucos ocupando esse papel, e eu
não sei ao certo quem escreve,
se ela ou eu ou nós duas. minha
mãe me assombra. mas não puxa
meus pés, cobre-os.

MÃE, ESCREVO INFORMES DO MUNDO DOS VIVOS.

acho que você gostaria desse título. diria que é instigante.
o que você diria? essa é a pergunta que sempre me
acompanha. o que você diria?
vasculho seus livros em busca de respostas e às vezes
encontro algumas. como uma vidente fajuta, leio as cartas
que me convêm, da forma que me agradam.
daqui de onde estou consigo ver:
doze canecas com frases suas;
três capas de almofada;
sete pilhas de cadernos que trazem na capa sua silhueta e
aquela sua frase sobre o amor;
dezenas de ímãs de geladeira com frases suas sobre
alegria, empoderamento e gratidão;
camisetas com sua cara e de novo a frase sobre amor;
etc. etc. etc.

você odiaria todos esses produtos,
e talvez por isso eu tenha
autorizado todos. com pouco ou
nenhum critério. materializei
em cerâmica, tecido, papel tudo
o que pude de seu lado mais
clichê. desculpe. nem sempre
consigo ser boa.

muitas pessoas conhecem textos seus, mãe.
é chique dizer que conhecem você; não precisam ler nada para isso. digo, não precisam ler você de verdade, basta que conheçam seus hits, seu rosto, sua história e sua versão comercial.
as pessoas precisam conhecer você!
precisam! não há desculpa para quem não sabe quem é Olívia Guerra, poeta que inspirou gerações, a poeta da queda, rosto da melancolia. seu nome está por aqui, assinando dizeres em vitrines, assinando livros de bolso. mas aqueles seus poemas preferidos, os que estavam sublinhados, não entraram na coletânea de "melhores poemas de Olívia Guerra". mamãe, me desculpe, mas não serei eu a lutar por seu legado. embora tenha o cérebro e o coração, não tenho o estômago para isso. e creio ser a única que poderia pensar em fazer esse resgate, essa curadoria cuidadosa e cheia de amor.

de meu irmão não espero nada. o dia em que abrir um livro, vai ficar semanas de cama por tamanho esforço.

sei que queria que fôssemos amigos, mas, olha... que filho estúpido você fez.
papai pirou. não o reconheço. moralista, maníaco, não acredita na imprensa, na ciência e, óbvio, não acredita em mim. não consigo mais falar com ele. é triste, mas o mais triste para mim é imaginar que essa semente estava lá nele o tempo todo, e foi com esse homem que você passou a vida.

sinto raiva de seus editores e de seu público, que não vieram te amar antes. se tivessem chegado a tempo, teriam lançado a você o amor e o dinheiro que entregam a mim, e você me levaria para morar na praia, como sempre quis. escreveria já com público esperando por suas palavras. nossa casa seria pequena e simples. madeira, cordas, cerâmicas. tons de bege e, principalmente, térrea. nossa varanda não chamaria ao voo, mas à caminhada. só que eles vieram depois. tarde demais. sinto raiva deles, mãe, porque parecem só saber te amar morta. você agora vive de sua arte, mas não vive mais. para qual corpo, para qual voz, dedicam o amor e o dinheiro? ao corpo mais próximo do seu. à cópia que insistem em ver. eu. estou presa em você. encarnada.

fico com o dinheiro. o amor eu não posso aceitar. não me pertence. desvio desse amor, pois me fere. talvez por isso tenha feito esse altar cafona com seus produtos, para feri-la de volta. para lhe dar um corpo que não seja o meu. seu altar agora é uma vitrine, pois estou exausta.

NA ÉPOCA DA MORTE DAS PLANTINHAS,

passei dois dias sem comer. tomava café muito, fumava muito. foram dois dias seguidos sem comer nada. e muitos outros me esquecendo de comer, afundada no sofá. comecei a beber mais vinho. dormia de duas a três horas por noite e acordava suada num solavanco.

Cacá se desesperou. me ligava todos os dias. queria me ver no vídeo. dizia que estava vindo, e eu avisava que não o deixaria entrar. ficávamos mais de uma hora falando. eu no sofá com a taça na mão, ele na casa dele com chá. eu via a parede amarela com quadrinhos alinhados e chorava. inventava outro motivo, mas a verdade é que chorava por ter defeito de não saber amar e ter sido premiada com o amor dele. a sala iluminada, Cacá penteado com a barba aparada e um moletom cinza riscado que eu sempre amei.

— Mari, deixa eu ir ver você.

— Não precisa. Vai passar.
— Você está muito magra. Dá pra ver daqui.
— Eu tenho direito de maltratar meu corpo. Sou adulta. Tenho direito de me destruir um pouco. Vai passar.
eram assim as conversas. então ele desistia e falávamos sobre séries e livros de fantasia e lembrávamos de nossas viagens para a praia.
era gostoso.

um dia Cacá não ligou.
eu liguei.
ele recusou.
ligou sem vídeo.
entendi.
ele confirmou: estava com alguém e ligaria mais tarde.
pedi para ele vir me ver.
ele não veio.
chorei como quem morre.
no outro dia, ligou.
de vídeo.
pediu para voltar.
recusei.
ele estava na casa da mãe, e eu a ouvi gritar ao fundo:
— Eu quero matar essa maldita que não deixa você em paz.
Cacá colocou no mudo.
desligou.
escreveu: tô indo aí.

veio.

recolhi as garrafas de vinho, tirei o lixo do banheiro,
recolhi as xícaras com café seco, bati as almofadas no sofá,
passei um lencinho umedecido embaixo do braço e na
virilha, assoei o nariz, limpei o óculos, espirrei lavanda,
troquei de camiseta, joguei um perfume no umbigo e na
nuca e abri a porta.

— Oi.
— Oi.
ele me beijou. deve ter entendido que eu, ao abrir a porta,
o autorizava.
não gosto que me beije.
pedi para ele não me beijar.
ele disse:
— Tudo bem.
nós nos sentamos no sofá.
peguei um cobertor.
pedi para que ele ficasse quieto a meu lado.
comecei a me aninhar nele.
uma perna dobrada em cima,
braços na barriga,
seios de leve no braço,
suspiro.
— Posso ficar aqui quietinha? Eu só quero descansar
em você.
— Pode.

senti que ele estava ofegante.

— Acho que vou morrer — ele disse.
— Por favor, não morra — respondi.

minha cabeça perto da dele. um
dedo acariciando um pedacinho
de ombro. ele ofegante.

— Preciso tomar uma água — ele disse.
— Tudo bem.

ele se desvencilhou e foi até a
cozinha. eu o segui quieta.

ele estava apoiado na pia sem fazer nada.
vi suas costas inflando rapidamente.
peguei um copo, enchi com água e lhe entreguei.
— Toma.

ele tomou. me abraçou e disse
que me amava. morri de novo.
ele renasceu.

pegou minha mão e me levou até o banheiro.
ligou o chuveiro e testou a temperatura.
— Bem quente como você gosta.
tirou minha camiseta pela cabeça.
levantei meus braços para sair a manga. os pelos nas axilas.
me cobri envergonhada.
ele se abaixou e tirou minha calça.

estava sem calcinha.
tirou a calça pelos pés.
me apoiei em seu ombro.
ele tirou rapidamente a roupa.
ficou de cueca.
pedi para que tirasse.
ele recusou.
entramos no banho.
ele passou sabonete em mim. atento aos detalhes, às dobras, às curvas, fazendo espuma em minhas axilas peludas, fazendo espuma na virilha e nos pelos, me lavou delicadamente. lavou minhas costas, meu pescoço e levantou meus cabelos. pegou um banquinho de plástico onde eu apoiava cremes de banho. eu me sentei.
fechei os olhos e o chuveiro era agora queda d'água.
aproveitei para chorar por estar quebrada.

lavou meus cabelos.
espuma.
vi a água escorrer onda quebrando no azulejo.
espuma branca.
espuma rala.
água.
o creme nas pontas.
escovou com o creme.
enxaguou.

não me perguntou nada porque não precisava.
— Você me conhece tanto.

enrolei uma toalha nos cabelos e me sequei.

> você foi pedir comida. estou
> falando com você agora.
> desculpas era o que eu queria
> dizer, pois sei que está lendo
> este texto.

Cacá estava ligando para meu lugar preferido do mundo, e eu o ouvi dizendo do molho com mostarda e mel e para não colocar gengibre. terminei de me secar e passei um hidratante. senti que estava voltando à vida ou queria apenas me demorar mais um tempo pelada, para ver se ele chegava no quarto e me encontrava assim.
ele chegou.
— Pedi a salada — ele disse.
— Obrigada.

pedi para que ele me penetrasse.
ele recusou.
pedi para me deitar em seu colo.
ele se sentou encostado na cabeceira da cama.
abriu as pernas.
eu me deitei no meio.
nua com a toalha no cabelo.
ele ficou tocando meus seios, brincando suave com os mamilos.
eu me masturbei.
gozei rapidamente.

ele me beijou na testa,
se levantou,
trouxe meu pijama e me vestiu.

nós nos deitamos de conchinha.
acho que dormi um pouco.

acordei com Cacá abrindo a porta, voltando com uma sacolinha de papel. fiquei na cama ouvindo os barulhinhos: sacola abrindo, rasgando, os passos dele, pratos, talheres em sons metálicos, os passos dele, os pratos na mesa, talheres na mesa, os passos dele, interruptor da luminária, clique, luz apagada, os passos dele, copo, copo na mesa, geladeira aberta, geladeira fechada, a garrafa de suco de uva integral na mesa, os passos dele, passos vindo, fechei os olhos, fingi que estava dormindo.

ele fez um carinho em meu rosto com o dorso da mão.
— Mari...
fingi para ganhar mais carinho.
— Mari, a comida...
abri os olhos e fiz muita força para transformar meu rosto adulto no rosto de um bebê.
ele beijou minha pálpebra.
eu me levantei.

a mesa arrumadinha, meia-luz e erva-doce do hidratante.
eu poderia ser feliz se soubesse se pudesse se não estivesse quebrada no chão do salto.
eu poderia.
eu tenho sorte. eu tenho as pessoas. eu tenho a mesa e a comida.

acho que não tenho dentes.
ou língua.
tive a certeza de que qualquer que seja a falta, é minha.
está em mim. em minha genética de morrer.

ele me deu comida na boca.
virei uma criança.

(por favor, mamãe, não morra de novo.)

(diário de mamãe)

25/08/1990

Acordei tarde. Não consegui me levantar cedo. Mari chegou da escola e me viu chorando. Estou com muitas feridas no rosto. Não consigo que nenhuma cicatrize. Não pude vê-la no almoço. Não com tantas feridas abertas. Menti uma enxaqueca.

Meu amor, mamãe te ama.

Estou tentando ficar sem fumar, mas hoje fumei dois cigarros.

Tomei só um pouco de conhaque. Gustavo não dormiu em casa. Chegou de manhã para levar as crianças. Li dois poemas de Cecília. Nunca serei como ela. Não consigo fazer parte do grupo de mães da escola. Nem do grupo de poetas. Não tenho a cara certa. Sou triste demais para sair confiante na fotografia. Já fecharam a ciranda dos artistas dessa geração, e eu fiquei de fora batendo palmas. Quem bate palmas não escreve nem segura o microfone.

Mãe, eu queria que me levasse para a escola de manhã hoje.

Continuo chorando nas páginas do diário. Odeio todos os remédios e os médicos. Quero viver diferente.

Meu amor, me desculpe.

Pedi ao Gustavo um pouco de dinheiro para comprar um vestido preto bonito. Gostaria de me sentar num restaurante e tomar uma taça de vinho tinto como nos filmes.

Olívia G.

Prezado editor,

sinto que estou chegando ao fim do prefácio e gostaria de confessar que não sou uma lâmina fria, ausente do sentir, prática, obstinada na sobrevivência diante da dor, como já li por aí em jornais e comentários.

Eu gostaria de conseguir falar de minha mãe sem sentir um desejo de morrer brevemente e abraçá-la e voltar depois para poder seguir a vida sem esta dormência, sem este modo econômico de amar, sem este medo sempre enxergando o amor como se embalado em plástico filme. Convivo com a sensação de que mais um, só mais um abraço, mais um olhar, mais uma vez a voz, mais uma vez a pele, mais uma só, poderia curar essas coisas que carrego. Poderiam rasgar o plástico bolha. Veja a singeleza de meu pedido! Ao mesmo tempo tão casual e tão impossível. Quem pede é a criança. E por isso é infantil o pedido. Assopro as velas e peço. Escrevo cartas e peço. Estrela cadente e peço. Aperto cílios nos dedos, peço e guardo no peito. São pedidos bobos. Comoventes por serem impossíveis, mas bobos.

Gostaria de conseguir, com as palavras, recriar, inteira, minha mãe. Para que soubessem o que perdi. O que só eu perdi. Só eu perdi minha mãe. Meu irmão perdeu a dele, que era outra. A minha, a que me chamava de menininha dos olhos de mar, só eu perdi.

Sou ríspida, eu sei. Parte de mim quer pedir desculpas por isso, mas outra parte não consegue nem perdoar, quanto mais pedir desculpas, por vocês, adultos (e você, prezado editor, serve agora como representante dessa instituição) não terem ao menos tentado cuidar da dor da filha da poeta, cuidado de me poupar das manchetes e dos poemas, das declarações e das frases. Eu perdi tudo. Quando você tem oito anos e tem a mãe que eu tive, o mundo é um compilado de algumas coisas: a casa gostosinha, a amiga, a cama fresca, a conversa da escola, o pijama de fadas, a pipoca, o filme permitido, o presente que alguém compra... Quantas dessas coisas, tendo a mãe que eu tive, não eram obras, direta ou indiretamente, das mãos da minha mãe?

Quando ela morreu, não sabiam nem o que me dar de presente. Porque todas as pessoas passaram minha vida inteira perguntando a ela o que eu gostaria de ganhar. E começaram a me perguntar o que eu queria. Eu não tive mais surpresa. O que eu queria de presente, o que queria comer, qual roupa eu gostava. Minha mãe gostava de me ler em segredo e de inventar recheios novos para as panquecas. Chegava com vestidos lindos que eu jamais pensaria em vestir e que viravam meus preferidos. Decidia o livro que a gente ia ler e o filme que a gente ia ver, arriscando criar em mim novos mundos. Como alguém cresce sem ter quem invente o que ainda não se sabe? Sem ter quem arrisque presentes incríveis que ainda não se conhece? Sem ter quem amplie o diâmetro da vida, traçando as surpresas, os novos mapas, abrindo espaço, estendendo a mão?

A vida sem surpresas.

O presente sem papel.

O envelopinho de dinheiro que gastei com balas de tutti frutti.

O pedido pelo hidratante de erva-doce da revistinha de cosméticos em busca do cheiro da mãe.

Minha mãe gostava de se perfumar com natureza: lavanda, erva-doce, capim-limão, verbena.

Minha mãe cheirava a mato.

Ou melhor, cheirava como a gente gostaria que o mato cheirasse.

Era um campo todinho pra gente descansar deitada.

Procurei todos os cheiros. Hidratantes, sabonetes, difusores, perfumes, xampus... todos.

mas cheiro de mãe é feito do cheiro + a mãe.

assim como o café com leite com a mãe é feito de café + leite + mãe.

e todas as outras coisas que ela deixou marcadas pela ausência.

a presença da ausência da mãe.

entende?

como poderia sentir desgovernadamente tudo isso sem me proteger de algum modo, já que soube, desde pequena, que ninguém faria isso por mim? que seguiram transformando minha mãe apenas em palavra-fetiche? em livros frios? em designs abstratos e minimalistas?

prezado editor,

minha mãe bordava panos de prato e fazia toalhinhas de crochê para colocar embaixo do filtro de barro.
essa era ela também.
ela passava com ferro minha cama em dias frios para que eu me deitasse no quentinho.
essa era ela também.

Por que vocês matam essa mulher quando falam dela?
Por que inventam com tanta contundência essas definições?
Por que fazem com que ela carregue tantas frases de efeito?
Por quê?
Por que aniquilam sua ternura? E transformam em melancolia?

Sabia que ela dizia que as únicas frases realmente importantes eram as que terminam com ponto de interrogação?

Por que transformaram minha mãe em certezas? Matando o que há nela de dúvida, de fingimento, de mentira? Secando o fluxo num slogan?

de alguma forma, minha mãe sabia que fariam isso com ela. um produto compacto. uma síntese. uma forma geométrica. ela sabia porque já vira acontecer. por isso queria ser lida enquanto viva. para não dar chance de caber na sua fantasia. é isso, não é? a luta constante para não ser reduzida à fantasia de vocês?

vocês não a conhecem.

Prezado leitor,

Diante de você, está a poeta e seus poemas. É o que sobrou de minha mãe. Espero que este prefácio tenha trazido cheiro, textura e carne. Não quero minha mãe presa na palavra. Não quero minha mãe sem o corpo.

Queria que minha mãe não tivesse sido poeta para que não pudesse viver adiando o gozo. Queria que o corpo dela explodisse num desejo sem gramática e que ela pudesse se render sem medo ou fuga. Quero a mãe e quero a mulher, pois sinto que quem saltou foi a mulher diante da insuportável ideia de manutenção da prisão. Queria que ela não soubesse escrever, pois, analfabeta, seria obrigada a contar as coisas.

Quem diz, evoca. Quem diz, movimenta dentro, fora, vibra. Dizer é acontecer. Escrever é registrar. Dizer é presente. Escrever é passado. Os vivos falam. Os mortos escrevem.

A poesia é tudo o que ela não foi. Eu tenho saudade do que ela foi. Não precisa inventar minha mãe, ela existe. Não inventem as tragédias. Não leiam seus olhos. Deixem o corpo dela sem respostas. Não escrevam laudos sobre sua pele. Eu gostaria que vocês a tivessem lido enquanto ela estava viva.

Por favor, parem de vasculhar minha mãe.

Att,
Maristela G.

TERMINO ESTE PREFÁCIO ANUNCIANDO QUE ESTOU GRÁVIDA.

Cacá e eu tivemos uma uma uma noite em que
resolvemos fingir de namorados. como diz a bossa:
a hora do sim é um descuido do não
transamos.
foi rápido.
das mais de doze horas em que ficamos juntos, apenas
uns quarenta minutos foram dedicados ao ato, incluindo
o despir e o banho de depois. as outras onze horas e vinte
minutos, eu falava enquanto ele ouvia e falava depois, e eu
ouvia mais ou menos e ele

o tempo todo
testando a delicadeza da ponta dos dedos
em minha pele,
virando pétala.

quando contei da gravidez, ele apareceu em quinze
minutos à minha porta com pão francês e manteiga
aviação com sal antecipando um desejo que nunca tive,
mas fingi ter para ganhar amor.
nada de novo, mas agora, comestível.

a esposa dele chorou por meses a perda do amor
da vida dela,
que era o amor que eu tinha pouco,
mas dava àquele homem que jurava que eu
era o amor da vida dele.

ele quis morar comigo.
eu não quis estragar o amor.
por isso, o mantive a uma distância segura de mim.

sigo quebrada, não posso arriscar.
sinto em minha barriga algo crescendo aos poucos.
vamos ter que caber todas ali:
eu, minha filha e minha mãe.

é uma menina.
quero que ela tenha o sobrenome do pai.
arranco-lhe a guerra.
ferreira.
comum e fazedora de coisas reais, e não de metáforas
infinitamente solitárias.

minha mãe era Guerra de pai.

minha avó Guerra de marido.
eu sou Guerra de mãe.
a primeira a herdar a Guerra de uma mulher,
que acho que é uma Guerra diferente. a dos homens,
de conquistar, ligada à morte e à vida, de expandir e
dominar lugares. a minha, Guerra vinda de mulher, de
gestar dentro os territórios. sem bombas e tiros, o silêncio
do entre. entre nascer e morrer, uma vida. uma batalha
para uma pacificação que não vem pelo fim de alguém,
mas pelo fim de algo. uma sobrevida. uma luta para ter
um corpo. um desejo e um corpo. um desejo, um corpo,
uma mente e uma ponte entre esses lugares. um campo
minado no ventre. o medo de ser ocupada. o medo de
deixar-se invadir. o medo de servir água aos inimigos por
puro hábito. a Guerra que herdei de minha mãe não me
lança a mortes voadoras. a guerra que herdei de minha
mãe me obriga a cuidar dos feridos, chorar os mortos e
reerguer as cidades.

não passo Guerra à minha filha.

Maria, Gabriela, Laura.
vou procurar o nome mais comum,
com mais homônimos por aí,
para que ela possa caminhar livre numa multidão de eus
e se esconder quando precisar.
quero que fique a uma distância maior que um clique.
quero que ela possa negar tudo e morar numa casinha.
que só leia best-sellers ou que odeie ler.

que adore cor-de-rosa.
que sonhe em se casar de véu e grinalda.
ou que tome chá de cogumelo num ritual na cachoeira
com alguém que se chama Tiê.

assim, num susto, contei tudo isso para o Cacá.
na hora em que eu disse "Tiê", ele riu.
trouxe o pão quentinho da chapa e se sentou comigo:
— Tudo bem, pensamos outra hora no nome.

ele dormiu aqui ontem.
fez massagem nos meus pés e me acordou porque eu
estava gemendo e dizendo algo que parecia desesperador.
suada no pescoço, abri os olhos e me levantei num
solavanco.
olhei para ele,
aterrissei no real,
deixei a cabeça cair pesada de novo no travesseiro.
a barriga para cima, os olhos no teto, as mãos entrelaçadas
sobre o ventre e eu:
tive um sonho.

o sonho:

minha mãe estava comigo na mesa.
a toalha florida e o bolo de laranja.
ela enchia minha xícara com café.
temos a mesma idade.
ela não envelheceu e nem envelhecerá.

eu disse que tinha algo a contar.
contei:
— Estou grávida, mamãe.
ela riu.
— Filha, como assim? Não está vendo ela aqui?
olhei e vi.
com uns três anos, vestidinho branco com bolas vermelhas,
sentada catando migalhas do doce,
nossa filha.
minha filha.
os olhos grandes e atentos,
a boquinha em beijo já pronto.
comecei a chorar e só conseguia falar:
— Filha... fi-filha... fi...
minha mãe se sentou e comemos as três
em silêncio.
eu fiz muita muita força para durar muito no sonho.
aí minha mãe:
— conta para a vovó. o que você vai ser quando crescer?
com a palavra toda pronta, numa pronúncia perfeita
demais para uma menininha tão pequena, minha filha,
certeira e contundente, respondeu:
— Escritora.

AGRADECIMENTOS

À minha mãe, à minha avó e à minha filha: mulheres que me fazem.
À Bia, hermana, que divide comigo a árvore.
Ao meu pai, que sempre está.
A Daves, que adivinha a hora do café.
À Nina, pelo calorzinho.

Andrea Del Fuego, que me fez chorar ao aceitar escrever o prefácio do prefácio.
Tati, amiga e leitora voraz, em quem confio para tantas coisas, e Vanessa, força inspiradora, pelos endossos.

Diana, por estar comigo há tanto tempo e ter acatado tão gentilmente minhas aventuras. A leitura assertiva e delicada. Uma editora comovente.

Raquel Cozer, pelas primeiras leituras, palavras e coragem.

Cibele Cipola, por estar tão pertinho.

Bié, pelo sonho compartilhado e pela ajuda nas questões legais do enredo.

Aline e Maris (Fernandes, Cordeiro, Izzo): por serem o melhor da infância, trouxe vocês comigo.

À Maria Estela (in memoriam), minha professora querida, por me ensinar que sou trabalhadora. Inesquecível.

Abel, Alê e Wally, que me iluminam por existirem.

Leitoras e leitores que me conhecem em outro estilo e agora aqui estão, agradeço por também quererem o outro lado. Sou eu também esta.

HarperCollins, agradeço pelo palco para a estreia.

Este livro foi impresso pela Cruzado, em 2025,
para a HarperCollins Brasil. O papel do miolo é pólen
bold 90g/m^2, e o da capa é cartão 250 g/m^2.